JN139789

琥珀のRiddle

魔の囀り〈ゴースト・ウィスパー〉

[こはくのリドル]

RIDDLE THE GUARDIAN OF AMBER

written by Miki Shinohara

illustrated by Kachiru Ishizue

篠原美季

vol.3

CONTENTS

MERVY
メルヴィ
リドルの執事。
その正体は、
大魔法使い
マーリン。
RIDDLE AMBROSE
MOLDER
リドル・アンブローズ・
モルダー
気だるげだが人の好い
有閑貴族。
ウリエル、マーリンが密かに
護る存在。
BERNARD
BRUNSWICK
バーナード・
ブランズウィック
リドルの悪友で、
トラブルメーカー。

CHARACTERS
ELIOT WOOLLEY BRUNSWICK
エリオット・ウーリー・ブランズウィック
リドルの友人でバーナードの又従兄弟。社交界の花形。その正体は、大天使ウリエル。
DIABOLO VINTRAS
ディアボロ・ヴァントラス
パリ社交界で噂の人物。薔薇十字会員。その正体は、名高き『シオウルの君主』。
STEPHEN MOLDER
スティーブン・モルダー
リドルの異母兄。リドルのことを逆恨みしている。

illustration
石据カチル

魔の囀り
〈ゴースト・ウィスパー〉

RIDDLE THE GUARDIAN
OF AMBER

序章

「――だれ？」

思い切って暗がりに踏み込んだ少女は、声に出して尋ねた。

じめじめとした地下室。

一寸先も見えない闇《やみ》。

頼りになるのは手にしたランタンの明かりのみで、身体にまとわりつくひんやりとした冷気が、少女の中の好奇心を一瞬にして萎《な》えさせてしまう。

（やっぱり、こんな場所、来るんじゃなかった――）

後悔が、幼い心を苛《さいな》む。

それでも、なにかに引かれたように前進した彼女の前に、やがて小さなテーブルが現れ、その上に載っているなにかが、わずかにランタンの明かりを反射した。

手に取って見ると、それは薄汚い銀のコインだった。――あるいは、コインのようなもの。

それがなにに使われるのか、彼女にはまったくわからなかったが、なんとなく、自分は、これに呼ばれたのだという確信があった。

そこで、ランタンの明かりを当てながら、コインの表面をジッと見つめていると、くすんだ表面が揺らいで、その揺らめきの奥からなにかがやって来るような錯覚《さっかく》を覚えた。

（なにかが、来る――？）

それが、来ていいものなのか。

そうでないものなのか。

わからずに見つめていると、彼女のそばで、人影のようなものが動く。

ギクリと身体を揺らした少女が、恐る恐る顔をあげる。

気のせいか、目の前の暗がりが、質量を増したように濃くなっている。

本能的に手を動かして、ランタンの明かりを前方に突き出した彼女の前に浮かびあがったもの――。

それを目にしたとたん。

「きゃあああああああああ！」

彼女は、これまでにないほどの叫び声をあげると、一目散に逃げ出した。その手に、コインのようなものをしっかりと握りしめたまま――。

何度も転びそうになりながら、なんとか入り口まで辿《たど》り着《つ》いた時、彼女の背後で声がした。


――置いてけ。

脳に直接響く声。

人を呪《のろ》うような忌《い》まわしい声である。

――置いていけ。

声は、廊下に出たあとも執拗《しつよう》に彼女を追いかけてきて、幼い心を蝕《むしば》んだ。

――置いていけ。でないと、きっと後悔するぞ。

第一章　突然の訪問者

1

十九世紀末。

ロンドン、ケンジントン地区。

ヴィクトリア女王の治世下にある大英帝国は、植民地支配による繁栄を極め、また産業革命を支えた科学力の向上など、まさに文武ともに絶頂期にあるといってよかった。

ただ、繁栄の陰には、必ずなにかしらの犠牲《ぎせい》が伴《ともな》う。

急激な人口流入による貧民街を中心とした犯罪の増加もその一つだが、ふつうに暮らす中産階級の人々にも、魔の手は確実に伸びていた。その最たるものが、機械化や物質主義によってもたらされた心の荒廃《こうはい》である。

神の死とともに道徳心の先にある希望が失われた今、その心のすき間を埋めるかのように、人々は必死になってなにかを追い求め始めた。

ある者は、身近に存在する自然界のものを研究する博物学に。

ある者は、科学が否定する幽霊の存在を証明することに。

なにも見つからない者は、ただただ、飽《あ》くこともなく道楽に身をやつし、財産をつぎ込んでは破滅する。

そのようなご時世にあって、博物学を研究するでもなく、幽霊を科学的に追い求めることもなく、かと言って、道楽にもさほど興味を示すわけでもない、ひたすら退屈という名の海に身を委《ゆだ》ね、日々、のらりくらりと生きている人間がいた。

その名も、リドル・アンブローズ・モルダー。

オックスフォード州《シャー》に領地を持つウッドフォード伯爵《はくしゃく》の次男坊である彼は、遊んで暮らすに足るだけのお小遣いを、毎月父親から受け取っている。

そんな彼の生活はといえば、朝は、お日様がすでに真南に移動した頃に起き出し、のんびりと朝食を食べたあと、誘いに来た友人と散歩がてら街に繰り出し、どこかの家で開かれているアフタヌーンティーをひやかしに寄っては、その場をめちゃくちゃにかき混ぜた友人の代わりに謝り、芝居やら何やらを観に行っては大乱闘《だいらんとう》をやらかした友人と共にその場を追い出される。そのほとんどが一人の悪友によってもたらされる災厄《さいやく》であったのだが、なんだかんだ、最後は行きつけの居酒屋《パブ》に落ち着いたところで、みんなでバカ騒ぎをして終わるというのが主な日課となっていた。

その日も、彼の優秀な執事であるメルヴィが、朝食の準備を整えて起こしに来たところで、リドルの一日は始まった。

「おはようございます、リドル様」

濡《ぬ》れ羽色《ばいろ》の髪に賢そうな漆黒《しっこく》の瞳をしたメルヴィは、均整のとれた身体に上品に仕事着を着こなし、優雅な仕草で大きなお盆をサイドテーブルに置いた。その姿は、まさにホイッスラーの絵画よろしく、「灰色と黒のシンフォニー」とでも題したくなるような風情《ふぜい》である。

一方のリドルはといえば――。

「……おはよう」

寝ぼけた声で挨拶《あいさつ》すると、目をあける前にズルズルと背中から起きあがり、最後は布団にくるまれたまま、ベッドの上で丸まった。その様子は、蝶《ちょう》となって飛び立つことなどまだ夢にも思っていない、ようやくさなぎになったばかりの芋虫《いもむし》そのものだ。

もっとも、陶磁器のように白く整った顔を縁取《ふちど》る髪は、カップの中で揺らめく紅茶を思わせるほど透明感があり、宝石のような琥珀色《こはくいろ》の瞳とともに、彼を人間離れした妖精のごとく美しい生き物に仕立て上げている。実際、彼を見た多くの人間は、彼のことを、いつの日か紅茶の国に帰ることを夢見ている紅茶の妖精と錯覚《さっかく》するくらいであった。

主人の様子を横目に見ながら窓辺に寄ったメルヴィが、小花模様の散った深緑色のカーテンを大きく引き開けた。

と――。

その瞬間、なにか違和感を覚えたかのように軽く頭をもたげたリドルが、ゆっくりと片方の目を開ける。

違和感のもとは、すぐにわかった。

明るさだ。

朝、メルヴィがカーテンを引いた時は、いつもそこからお日様がさんさんと注ぎ込んで、部屋の中が一気に明るくなる。どんよりとした曇り空の日であっても、灰色なりの明るさに包まれるものだが、今日は、暗いままだった。

曇りにしたって、あまりに暗過ぎる。

リドルが、ベッドの上で丸まったまま、問う。

「……もしかして、僕が寝ている間に、太陽は天の軌道《きどう》を外れて、どこかに飛び去ってしまった？」

「いいえ、リドル様」

サイドテーブルのところに戻り、お茶の準備をしながらメルヴィは答える。

「太陽は、天の黄道《こうどう》を規則正しく進んでおります。それに、訂正《ていせい》させていただくと、万が一にも軌道を外れるとしたら、それは太陽ではなく、地球のほうでございましょう。地球は、太陽のまわりを公転する惑星でございますから」

「ああ、そう。そうかもしれない。……でも、そんなことを言ったら、日曜学校で説教する牧師様に怒られない？」

「そうですね。……まあ、人によっては気分を害されるかもしれませんが、怒られることはないかと思われます。有《あ》り難《がた》いことに、異端の罪《つみ》に問われたガリレオ・ガリレイと違い、今は真実を口にすることになんら支障はございませんので」

「ふうん。だとしたら、可哀《かわい》そうな『がらりお・がらりー』に、いつの世も、正直者はバカをみるものだと伝えておいてくれるかな。――それはそうと」

リドルは、差し出されたお茶のカップを受け取りながら続ける。ちなみに、そのお茶は、「目覚めの一杯」と言って、寝起きの悪いリドルのために、メルヴィが特別にブレンドしているものだ。いったい、どんな成分が含まれているのか、一口飲んだだけで頭が妙にすっきりする魔法のようなお茶だった。

「あのさ、メルヴィ」

「なんでございましょう?」

「僕の気のせいかもしれないけど、起きるには、まだ少し時間が早い気がする」

「お気づきになられましたか」

認めたメルヴィが、慇懃《いんぎん》に応じる。

「お察しの通り、今は、いつもよりかなり早い時間帯でございます」

「……やっぱり」

事実が判明したところで、手にしたお茶を素直に飲むか、お茶の中に顔を突っ込んでもう少し眠るか、悩んでいるかのようにぼんやりとカップの中を見つめたリドルが推測する。

「もしかして、どこかで戦争でも始まった?」

「いいえ。海の向こうでは、なにかと物騒な話もあるようですが、我が国は、今のところ平穏そのものでございます」

「良かった。それなら、その平和を、もっともっと享受《きょうじゅ》できるように、僕たちも努めるべきだ」

言いながらずるずると芋虫へと退行し、そのままベッドに逆戻りしそうになったので、メルヴィは、その手から急いで、まだなみなみと中身の残っているカップを取り上げた。

「申し訳ございませんが、リドル様。我が国が平和であろうとなかろうと、今朝《けさ》は、もう起きていただかなければなりません。——と申しますのも、先ほど、ポートマン・スクウェアより使者が参りまして、午前中のうちにウッドフォード伯が、こちらにお寄りになるということでしたので」

ポートマン・スクウェアといえば、リドルの父親であるウッドフォード伯がロンドンの拠点《きょてん》としている場所だ。

ベッドに頭をつけたリドルが、その体勢でグルンと首を横に向けて驚きをあらわにした。

「……父が、来る？」

「はい」

「この家に？」

「はい」

「なんのために？」

「それは、わかりかねますが、ワイト島に出立《しゅったつ》する前にお寄りになりたいということでしたので、もう間もなくいらっしゃるのではないかと拝察いたします。——というわけで、お父上様に自堕落《じだらく》な生活をしていると印象付けるのは、あまりよろしくないかと」

「う〜ん。たしかに」

リドルの父親は、支配者階級にある英国貴族として、それなりに豪奢《ごうしゃ》な生活を送る一方で、国のために、それ相応の地位に就いて活躍している。

貴族といえども、ただ、遊んで暮らせばいいというものではなく、彼らは無給で政治活動を行う必要があった。それは、国のためばかりでなく、自分たちの現在の立場を維持《いじ》するのに必要不可欠なことであるからだ。

当然、リドルも例外ではないが、モルダー家は、リドルの異母兄にあたるスティーブンが、それなりに優秀であるため、父亡き後も安泰と考えられている。

リドルやその遊び友だちに働く気があるのかどうかはともかく、この時代、大貴族に連《つら》なる家系の多くに、彼らのように社会的実用性の乏《とぼ》しいバカ息子というのは存在した。

取り扱《あつか》いが難しいのは、彼らの殆《ほとん》どは、根っからの怠《なま》け者《もの》というわけではなく、きちんと働く意欲や向上心はあったりすることであった。

性格も、決して悪いわけではない。

ただ、必要に迫《せま》られて彼らに経営を任せた挙げ句、一族ごと没落《ぼつらく》していった例も少なくなく、それなりに余裕のある家々の主人は、浮世《うきよ》離れした人格に育てあげてしまった息子たちを無理に働かせるよりは、多少の金をやってでも、おとなしく遊んでいて欲しいと願うのだった。

とはいえ、規則正しい生活の中で国家や領地を運営している親たちにとって、息子たちの自堕落な生活というのは、あまり見ていて気持ちのいいものではない。

ゆえに、小遣いをもらう身である息子のほうでも、親の前では体裁《ていさい》を保つことは大事だった。

溜息をついたリドルが、気だるげに手を伸ばす。

「事情はわかったから、そのお茶をくれる？」

飲みそこなった「目覚めの一杯」を要求するリドルに、メルヴィが告げる。

「その前に、きちんと起きあがってください、リドル様。今の場合、芋虫は、自然の理《ことわり》に反し、早々に脱皮する必要に迫られているのです」

2

先触れの通り、午前中のまだ早いうちに、父親であるウッドフォード伯がリドルの家を訪れた。

今流行《はや》りのテラスハウスは、小ぢんまりとしてはいるが、玄関脇にはめ込まれたステンドグラスや窓を飾る装飾などが、なんとも洗練されていてお洒落《しゃれ》だ。

さすが、ラファエル前派の画家やウィリアム・モリスを始めとする家内工芸品のデザイナーなど、今を時めく芸術家たちが集《つど》う地区だけはある。

室内も、メルヴィの手で居心地良く整えられていて、それらをざっと見回した父親は、満足げにソファの一つに腰をおろしながら言った。

「どうやら、噂《うわさ》と違って、きちんと暮らしているようだな」

メルヴィが用意してくれたお茶を飲んでいたリドルが、コホッと小さくむせる。

いったい、どこでどんな噂を耳にしているのか。

心あたりがあり過ぎて、否定も肯定もできない。

そんなリドルを眺めながら、父親も紅茶のカップに手を伸ばす。

黒褐色の髪に灰褐色の瞳。

面長《おもなが》で典型的なアングロ・サクソンの顔立ちをしていて、造作はそう悪くない。それは、息子のスティーブンにも受け継がれ、モルダー家は総じてそれなりに容姿には恵まれた家系であると言えた。

ただ、ウッドフォード伯とリドルは、あまり似ていない。

紅茶色の髪に琥珀色の瞳をしたリドルは、すでに亡くなっている美貌《びぼう》のお側付き使用人であった母親の血を濃く受け継いでいて、モルダー家の中でも際立って整った顔をしている。

そのため、現在、三度目の結婚をしているものの、いまだにリドルの母親のことを心の中で愛し続けている父親は、この次男を、ことのほか目にかけていた。

実をいえば、そのことが、長男であるスティーブンの癇《かん》に障《さわ》るらしく、兄弟間の確執《かくしつ》の原因の一つとなっている。

紅茶を飲んだ父親が言う。

「うまいな」

「ありがとうございます。自慢するのもなんですが、メルヴィの淹《い》れる紅茶は、本当に美味《おい》しいんですよ」

「ふむ。――たしか、彼は、ウーリー卿《きょう》が見つけてきた青年だったな」

「はい」

「良い執事《しつじ》に恵まれて、お前は本当に幸運《ラッキー》だ。ウーリー卿に感謝しないと」

「もちろん、常々、感謝しています」

「ウーリー卿」というのは、「エリオット・ウーリー・ブランズウィック」という名の青年貴族で、リドルの古くからの友人の一人だ。名前が示す通り、英国屈指《くっし》の大貴族であるブランズウィック公爵家の人間で、現公爵の長男の次男という、実に爵位に近い場所にいる。

さらに、彼は、このほど、ウーリー家出身の母親を通じてエルズプレイス伯であるウーリー家を継いだため、最近では「ウーリー伯」や「エルズプレイス伯」の名で呼ばれることも増えてきた。

もっとも、古くから彼を知る人々は、呼び慣れた「ウーリー卿」を使うことが多く、リドルの父親もその一人だ。

なんにせよ、貴族の子弟に社会的実用性に欠ける人間が多い中、彼は、その完璧《かんぺき》な美貌も含め、千年に一度の逸材《いつざい》と誉《ほ》めそやされ、女王陛下のお気に入りでもあった。

現在は内務大臣の秘書官を務めていて、社交界では押しも押されもせぬ花形スターだ。

ウッドフォード伯が、ついでとばかりに忠告する。

「感謝するだけでなく、遊び友だちにしても、できれば、彼のような相手を選ぶべきだな」

とたん、リドルが言葉を詰まらせた。

どうやら、悪友たちと一緒に起こしたトラブルのあれやらこれやらが、少なからず耳に入っているらしい。

そのうちの一つを、ウッドフォード伯が口にする。

「先日も、アップジョン・コートでの悪戯《いたずら》が過ぎて、レディ・ブランズウィックを寝込ませたと聞いているよ」

アップジョン・コートというのは、ブランズウィック公爵家がヘリフォード州に保有する館の一つで、現在は、老公爵の独身の妹が住んでいる。夏の初めに、そこに滞在することになったリドルは、一緒にいた友人のせいで、大層、老婦人に気苦労を負わせて帰って来たのだ。

なんとも答えられず、ひたすら沈黙を守って紅茶をすすったリドルに対し、父親のほうが先に話題を変えた。

「そうそう、ウーリー卿といえば、外で彼の馬を見たので、てっきりここに来ていると思ったのだが、いないようだね」

来ていたら、将来性のある若者に、挨拶の一つもしたかったのだろう。

心当たりのないリドルは、驚いて訊《き》き返《かえ》した。

「エルの馬？」

「うん。あれほど見事な栗毛《くりげ》は、滅多《めった》に見られないからな」

「……へえ」

午前中にウーリーが来た様子はなかったが、父親がそう言うからには間違いないはずだ。

とはいえ、もし、ウーリーが来ているのなら、いったいどこにいるというのか。この家は、応接間とリドルの寝室以外、客を通すような場所はない。そして、そのどちらにも、友人の高雅な姿がなかったことは、リドル自身が知っている。

他に可能性があるとしたら、執事のメルヴィの部屋か、地下の食品貯蔵庫くらいのものである。

だが、そんなところに、あの気高きウーリーがいるとは思えないし、仮にいたとしたら、絶対にその狭《せま》さに対して文句を言っているはずだ。

ウッドフォード伯が言う。

「まあ、近くに用があって、ひとまずこの家の前に馬を繋《つな》いだだけかもしれないが」

「たぶん、そうでしょう。姿を見ていないので」

しばらくして、会話の尽きた父子の間に沈黙がおりる。

わざわざ出向いて来たくらいだから、おそらく、父親の用件は他にあるはずだが、彼はなかなか切り出そうとしない。

メルヴィがいてくれたら、こういう時、うまい具合に間を取り持ってくれるのに、あいにく、彼は場を外していた。

そこで、仕方なく、リドルの方から水を向けてみる。

「それで、お父さん、僕になにか話があったのではありませんか？」

「——そうだな」

どこか気鬱《きうつ》そうに応じた父親が、お茶を一口飲んでから、ようやく話し出す。

「……これをお前に訊くのもどうかと思うのだが、スティーブンのことを、最近、どこかでなにか聞いていないか？」

「スティーブンですか？」

意表をつかれたリドルが、思わず訊き返した。

母親の違う兄と弟の関係があまり芳《かんば》しくないことは、父親も重々承知しているはずだ。

特に、兄の弟に対する嫌悪感は甚《はなは》だしく、衝突《しょうとつ》を回避するため、リドルは、わざわざ、パブリック・スクールから大学に至るまで、行く先を違うところにしたくらいである。イートンからオックスフォードに進んだ兄に対し、リドルはウーリー家がセルリッジに創設したパブリック・スクールから、ケンブリッジに進学している。

そんな間柄《あいだがら》であれば、当然、社会人になってからも、一切交流をしていない。

リドルが、正直に答える。

「とくになにも聞いていませんが……」

「そうか」

深々と溜息をつく父親に対し、リドルが心配そうに尋ねる。

「スティーブンに、なにかあったのですか?」

「それが、よくわからないんだよ」

「わからない?」

「ああ。珍しく、ここ何回か、彼が議会をサボったので、話をしようとラッセル・スクウェアのアパートメントに寄ってみたのだが、いつ訪ねても留守で、他で聞いたところによると、このところ、行きつけの居酒屋《パブ》にも社交の場にも姿を見せていないということだった」

「……え?」

いつもの癖《くせ》でなんとなく話を聞き流していたリドルが、ことの重大性に気づいて顔をあげた。

「それって、まさか――」

不吉な想像をしてしまい、思わず続きを言い淀《よど》んで言葉を止めたが、父親は苦笑して否定する。

「いや。行方《ゆくえ》不明とか、なにかの事故に巻き込まれたとかいうことではないようなんだ。執事の話では、時々、戻ってきたりはするそうだから」

「……そうですか」

リドルが、ホッと胸を撫《な》で下《お》ろす。

兄弟間の仲が悪いとはいえ、リドル自身は、兄のことを嫌っているわけではない。むしろ、彼の存在があるからこそ、自分はのんべんだらりと生きていられるとの自覚があれば、密《ひそ》かに感謝しているほどである。

「だけど、そうなると、ふだんは、いったい、どこでなにをしているのでしょう？」

「それがわからないから、お前に訊きに来たんだよ。ポートマン・スクウェアの屋敷に顔を出すようにと執事に伝言を残しても、無視されてしまうのでね。若者同士、なにか繫がりがあって、情報の一つでも入っていないかと思ったんだ」

「なるほど」

「なんといっても、彼のように真面目《まじめ》な人間ほど、転ぶ時は派手に転ぶものだから、心配で仕方ない」

「お気持ちは、わかります」

それとは対照的に、リドルやその友人たちのように、しょっちゅう転んでいる人間は、転び方も心得たもので、転ぶ回数は多くても、その分、大きなケガはしないものだ。

顎《あご》に手を当てて考え込んだリドルが、言う。

「わかりました。僕も、ちょっと注意して情報を集めてみるようにします」

「そうしてくれるか？」

「はい。——正直、僕自身は、その手の噂に疎《うと》いのですが、まわりには、他人の噂話をするためだけに生きているような人間もいるので」

「そうだろうね」

暇《いとま》を告げるために立ちあがったウッドフォード伯が、皮肉気に笑って付け足す。

「……まあ、お前の場合、スティーブンの態度には頭に来ることも多いだろうが、それでも、たった一人の兄だからな」

「わかっています」

父親を送り出してもらうためにメルヴィを呼び鈴で呼び出しながら、リドルは応じた。

「嘘のように聞こえるかもしれませんが、僕だって、スティーブンの無事を心から願っているんです」

3

しばらくして戻ってきたメルヴィの背後には、何故《なぜ》か、エリオット・ウーリー・ブランズウィックの姿があった。相変わらず、大天使もかくやというくらい、高雅な輝きを発している男である。

すべてを見透かすようなアイスブルーの瞳。

左右のバランスが完璧に整った美貌。

波打つ白金髪《プラチナブロンド》を背中でまとめ、均整のとれた身体にモーニング・コートを着こなした格好が、実に様になっている。その出で立《いた》ちからして、どうやら、彼が朝の乗馬の途中であるのは、間違いないようだ。

「あれ、エル？」

リドルが、驚いて言う。

「やっぱり、来ていたんだ？」

「やっぱり？」

優雅にソファに腰をおろしながらウーリーが意外そうに訊き返したので、リドルが説明する。

「父が、家の外にエルの馬がいたって……」

「へえ」

アイスブルーの瞳を輝かせたウーリーが、感心したように応じた。

「ウッドフォード伯が馬好きという話は聞いていたけど、一目で他人の馬を見分けるほどとは思わなかったよ」

「たしかにね。でも、あれだけ見事な栗毛はなかなかいないって感心していたから、エルの馬がすごいのかも」

「なるほど」

そこへ、メルヴィがお茶を運んで来たので、二人は、それを受け取りながら話を続ける。

「それで、今日はなんの用があって来たわけ？」

「なんの用って……」

ウーリーが、傷ついたように眉間《みけん》に皺《しわ》を寄せて答えた。

「だから、いつも言っているけど、用がないと、僕はここに来てはいけないのかい？」

「もちろん、そんなことはないけど、バーニーと違って、エルは忙しい身だから」

「『バーニー』ねえ」

どこか不満そうに、ウーリーがその名前を呟く。

「バーニー」というのは、リドルのパブリック・スクール時代からの悪友で、物事を壊滅的な状況にする天才であった。

フルネームをバーナード・ブランズウィックといい、それからもわかる通り、ウーリーと同じくブランズウィック公爵家の一員だ。

ただ、彼の場合、現公爵の弟の次男の次男という、ある意味次男を極《きわ》めたような生まれであるため、爵位とは縁遠い。

そのため、目下《もっか》、爵位相続権のある娘を求めて婚活中であったが、彼のはた迷惑な性質は有名であるため、結婚は、ほぼ絶望的といってよかった。

そんなバーナードとウーリーは又従兄弟《またいとこ》の関係にあるが、すべてに於《お》いて対照的な彼らは、互いを疎《うと》ましがっている。

ウーリーが「――で？」と訊く。

「最近、あまり見かけてないが、彼は、どうしているんだ？」

「知らない。ここにも、しばらく来ていないから」

「へえ。珍しいこともあるものだ」

「そうなんだけど、昨日、『鹿馬亭《ディアホースてい》』で聞いたところでは、バーニーは、今、どこかの占い師の娘に夢中になっているんだとかって」

「占い師？」

「奇術師だったかな……？」

首をかしげたリドルが、「なんにせよ」とどうでもよさそうに続けた。

「その娘の追っかけをやっているというから、当分、ここにも来ないと思う」

「それは願ったり叶《かな》ったりだな。いっそ、その占い師を追っかけて、地の果てまで行ってくれたらいいんだが」

冷たいことをのたまう友人を横目に見て、小さく溜息をついたリドルが訊く。

「話は戻るけど、エルはなんの用があって来たの？」

すると、チラッとメルヴィを見やったウーリーが、面白《おもしろ》そうに口元を引きあげて応じた。

「メルヴィに用があって来た」

「メルヴィに？」

驚いてリドルが執事を見るが、彼はいつもの無表情《ポーカーフェイス》でやり過ごした。それは、訊かれたくないことがある時の彼の常《つね》で、どうやら、この執事からなんらかの情報を引き出すのは難しそうだ。

そこで、リドルはウーリーに向き直って尋ねる。

「メルヴィに用って、どんな？」

「なに、ちょっとした頼み事だよ」

それに対し、メルヴィが控《ひか》えめな咳払《せきばら》いで警告を発した。

この「執事の控えめな咳払い」というのは、往々にして主人たちの無視できないものであれば、リドルが再びメルヴィに視線をやって尋ねる。

「なに、メルヴィ？」

だが、彼は慇懃に見えるようでいて、その実、どこか白々とした態度で謝罪した。

「申し訳ございません、リドル様。今のはただの咳でございます。我慢しきれず、大変失礼しました」

「そう」

どうやら、今しがたの咳払いは、主人であるリドルに対してではなく、かつての主人であったウーリーに対するものであったらしい。

ウーリーが、不機嫌そうな声で応じた。

「ふん。咳の一つくらい我慢できないようでは、本来、執事なんて務まらないだろう」

「ごもっともでございます、エルズプレイス伯。以後、気を付けます。――それはそうと、リドル様」

謝りつつ、あっさり話題を変え、メルヴィはリドルに向かって尋ねた。

「お父上のウッドフォード伯は、なんのご用件でいらっしゃったのでしょう。――差し支えなければ、お教えいただけませんか?」

「……ああ、それ」

声の調子を落としたリドルが、気鬱そうに教える。

「どうやら、ここのところ、兄の行動がおかしいらしく、なにか心当たりはないかって、訊いてきたんだ」

「スティーブン様が?」

「うん。議会も休みがちみたいだよ」

するとこの中では唯一《ゆいいつ》議会に関係しているウーリーが、「そういえば」と応じる。

「つい最近、そんな話を聞いたな」

「やっぱり?」

「ああ。——だが、だからといって、彼のことをリドルのところに訊きに来るというのも、見当違いだろう」

「そうだけど、きっと藁《わら》にもすがりたい気持ちだったんじゃないかな」

父親の心情を推《お》し量《はか》ったリドルが、「それに」と続ける。

「僕も、正直、心配だし」

「まあ、そうだろうな。——とはいえ、スティーブンはもう立派な大人なんだ。親がどうこう言ったところで仕方ない。自分の身は、自分で決めるさ」

その後、少し雑談して、ウーリーは帰って行った。

本当にメルヴィに用があっただけのようだが、結局、それがなんであるかは最後まで明かされなかった。

もちろん、メルヴィが使用人である以上、主人として強く追及することはできたが、メルヴィのほうに追及されたくないという意思が感じられたのと、なにより、例によって例のごとく、面倒くさがり屋のリドルがどうでもいいと思ったため、その件は、そのままになってしまったのだ。

だが、この日を境に、リドルの怠惰で快適な生活は、すっかり様変わりすることになる。

4

ロンドン郊外。

蛇行《だこう》するテムズ川を遡《さかのぼ》った先に、その館はあった。

今から一世紀ほど前、元は修道院だった場所に大食堂などが増築されたものの、その後、再び廃墟《はいきょ》と化していたものだ。それを、最近になって、外観は古い状態のまま、調度品だけを刷新《さっしん》し、長逗留《ながとうりゅう》するのに困らない程度に仕上げたものである。

館を囲む楡《にれ》の木。

朽《く》ちかけた像の残る庭園や洞窟《どうくつ》。

比較的新しい大食堂の両端には、目隠しをされた女神と沈黙の女神が立っていて、ここが、かつては秘密の集会所であったことを物語っている。

さらに、入り口の門扉を飾る文言《もんごん》は、『テレームの僧院』から取られた有名な一節、「汝、欲すること《フェ・ス・ク・》を為せ《ヴルドラ》」である。

今、その館に数人の男女が集って、それぞれ「欲することを為す」ために、なにやら怪しげな密談に興じている。

立ちのぼる阿片《アヘン》の煙。

時おりあがる嬌声《きょうせい》。

明らかに享楽《きょうらく》に耽《ふけ》るための集いであったが、その背後にあるのは、十字架を掲《かか》げた祭壇《さいだん》だ。つまり、神不在のこの時代にあって尚《なお》、普通の人なら決して侵《おか》すことのない禁断の領域であった。

そんな場所にあって、長椅子の一つに横になり、とろんとした目を天井《てんじょう》に向けている青年がいる。

黒褐色の髪に薄茶色の瞳。

典型的なアングロ・サクソンの顔立ちはそれなりに整っているのに、いかんせん、陰鬱《いんうつ》な印象が拭《ぬぐ》えない。

リドルの異母兄であり、未来のウッドフォード伯となるスティーブン・モルダーは、顔をゆっくりと動かして、長椅子のそばに腰かける男に視線をやった。

男は、一人掛けのソファに足を組んで座り、冷ややかな眼差《まなざ》しを周囲に向けている。その様子は、彼のまわりで繰り広げられている行為の数々を面白がっているようにも蔑《さげす》んでいるようにも見えた。

ディアボロ・ヴァントラス男爵。

この享楽の館は、彼がイギリス滞在の拠点に選んだ場所であり、スティーブンは、父親の心配をよそに、すっかりこの館と主《あるじ》の虜《とりこ》となって、日々、入り浸《びた》る生活を送っている。

青い美しい瓶《びん》を片手でもてあそぶディアボロを陶酔《とうすい》の目で眺《なが》めていたスティーブンが、ややあって尋ねる。

「これか？」

「……その瓶の中身は、何ですか？」

顔をこちらに向けたディアボロが、一度手にした瓶を見下ろしてから応じる。

「これは、毒薬だよ」

「――毒薬？」

驚いたスティーブンが、戸惑ったように周囲に視線を巡《めぐ》らせた。

この部屋には、棚やテーブル、壁《へき》がんなどに様々な種類の酒瓶が置いてあり、どれでも自由に飲むことができた。ただ、それらと一緒に、ディアボロが手にしているのと同じような形をした赤や黄色、緑といった美しい色合いの瓶が無造作に置いてあるため、このことを知らなければ、間違って飲んでしまうこともあるだろう。

「危険じゃないですか。もし、誰かが飲んでしまったら、どうするんです？」

「別に」

ディアボロは、あっさり答える。

「どうもしない。それが、その人間の運命だからな」

「運命？」

「そうだ」

うなずいたディアボロが、腕を広げて続ける。

「お前たちが、融通《ゆうずう》のきかない地方の土地神を絶対神として崇《あが》め奉《たてまつ》るようになるずっと以前より、この世は自然界の掟《おきて》に支配されていて、それは、これから先も変わらない。そこに善悪という概念《がいねん》はなく、ただ、偶然と必然のみが存在する。その結果として、人は意味もなく幸運を手にすることもあれば、不運にも命を落とすことだってある。——それこそが、生きとし生けるものたちの運命だ」

「運命——」

青い瓶を見つめるスティーブンが、先ほどより力強い声で繰り返す。

そんなスティーブンを洗脳するように、ディアボロが蠱惑的《こわくてき》な口調で「そして」と続ける。

「神の手の及ばないこの場所は、そんな偶然と必然の手の内にあるのだよ」

「つまり、間違えて毒薬を飲んだ人間は、始めからそうなる運命にあった？」

「少し違うな」

小さく人差し指を振って、ディアボロはより詳《くわ》しい説明をする。

「重要なのは、あくまでも偶然と必然だ。始めから運命が決まっているのなら、そこに偶然の入り込む余地はない。だが、実際はそうではなく、この偶然こそが、運命を決める大きなポイントとなってくる。——ということで」

片手を打ち振ったディアボロが、続ける。

「これがここに置いてあったことで誰かが死んだとしても、私たちがいちいち気に病む必要はない。

ここは、自然界の縮図だ。――ただ、欲することを為せばいい」

大胆な理論に触発されたスティーブンが、うっとりと言う。

「ここが自然界の縮図なら、その主である貴方《あなた》は、私たちの新しい神ですね」

「神？」

ディアボロが、面白そうに片眉をあげて応じる。

「それは思ってもみなかったが、なかなか大胆《だいたん》な口説《くど》き文句だよ。――だが、あの祭壇と向き合った上で、もう一度、今と同じ台詞《セリフ》が言えるか？」

「あの」とは、もちろん、十字架を掲げる祭壇だ。

十字架の前で違う神を崇拝《すうはい》するのは、当然、異端の烙印《らくいん》を押される背信行為であったが、スティーブンはためらうことなく頷いた。

「もちろん、言えますよ。何度だって言える。貴方は、迷える私たちを導く新しい神だ。私たちはみな貴方に付き従う。少なくとも、私にとって、それはもうこの先一生変わらない。貴方の手で生まれ変わった私は、貴方と共に歩むと決めたんです」

「ほお」

緑灰色の瞳を妖《あや》しく光らせたディアボロが、「ならば」と身を乗り出して続ける。

「その証《あかし》として、この場で、お前のすべてをさらけ出せ。今まで人に言えずにいたことも含め、すべてをね――」

誘惑というよりは、強要に近い。

スティーブンが、わずかなためらいを見せて繰り返す。

「私のすべて？」

「そうだ。一種の懺悔《ざんげ》だよ。——まず、お前の心に巣食っている闇はなんだ？」

「闇……」

「心の奥底に秘めたまま、長い間くすぶらせ、ドロドロのヘドロと成《な》り果てた闇だ。お前にも、そういう暗い部分があるはずだな？」

「……別に、私は」

応じながら、ディアボロの鋭い視線を避けるように、スティーブンがスッと目を伏せる。そこに新たに芽生えた戸惑いを見て取り、ディアボロが皮肉気に尋ねた。

「言えないのか？」

「いや。決してそういうわけではなく、ただ、話すにも、闇など持っていないと思って——」

「それは、嘘だな」

断言したディアボロが、続けた。

「人間、誰しも心に闇を持っているものだ。ただ、それをそうとはわからないように隠しているだけで」

「誰しも……？」

顔をあげたスティーブンが、問いかける。

「——ということは、貴方も？」

とたん、相手が唇の端を引きあげ、悪魔のように笑った。それに合わせ、緑灰色の瞳の奥が、緑の炎が立ち上《のぼ》ったかのごとくゆらゆらと揺らめく。

「面白いことを言う」

「面白い？」

「ああ。闇から生まれた私に対し、闇を持っているかなどと問いかけるとは」

「つまり、やはり、貴方も、心の奥底に闇を秘めているんですね」

「秘めているどころか」

細めた目でスティーブンを眺めたディアボロが、傲慢《ごうまん》な口調で言い切った。

「私は、闇そのものだ。それゆえ、お前の中に眠る闇を、我がうちに溶け込ませてしまえばいいと言っているのだよ。それにより、お前は私と一体化し、私の一部となる」

「一体化――」

その言葉に惹《ひ》かれたような、それでいて迷うような眼差しを祭壇のほうに向け、スティーブンはしばし考え込む。

ややあって「心の闇……」と呟いたあと、彼は顔を背けたまま、ぽつり、ぽつりと語り出した。

「……私の母は、私が五歳になる前に亡くなりました。急なことで、当然、私は悲しみに明け暮れましたが、父は、母の死から半年も経《た》たないうちに、母の側仕えをしていた女と再婚したんです」

ディアボロが、心得たように応じる。

「それが、弟の母親？」

「そうです」

スティーブンが、ディアボロに視線を戻す。その瞳は、熱を帯びてギラギラと輝いていた。

「死因は？」

「医者は、心臓発作だと言いました。もともと、少し心臓が弱かったので」

「なるほど」

「――でも」

そこでためらうように間を置き、やがて、長年、心の奥底に培《つちか》ってきた憤《いきどお》りとともに疑惑の言葉を絞《しぼ》り出《だ》す。

「あれは、ただの発作なんかじゃない。女主人の座を狙《ねら》っていたあの女が、私の母を殺したんだ――！」

「ほお？」

興味を引かれた様子で、ディアボロが切り込む。

「そう考える根拠《こんきょ》は？」

「根拠というか、私に言えるのは、あの女は魔女だったということだけですが……」

「――魔女？」

意外そうに訊き返したディアボロに対し、スティーブンは己《おのれ》の考えをぶちまける。

「そうです。あの女は、魔女だった」

「何故、そう思う？」

「見たからですよ」

「なにを？」

「あの女が、夜明け前のまだほの暗い時間に、城の薬草園をそぞろ歩いている姿を――。しかも、髪をほどいたしどけない恰好《かっこう》で」

「……薬草園か」

腕を組んで考え込んだディアボロが、確認する。

「つまり、弟の母親は、薬草の知識が豊富だった？」

「そうです。それで、側仕えであるのをいいことに、私の母に毒を飲ませて殺したんだ！」

「なるほど」

そこで、別の角度から、ディアボロが尋ねる。

「当時、お前の母親の突然死に対し、夫であったウッドフォード伯は、なにも疑いを持たなかったのか？」

「そんなの」

スティーブンが、忌《い》ま忌《い》ましそうに鼻を鳴らした。

「父は、おそらく、その頃からあの女に夢中だったんです。それで、母の死は好都合だった」

「ふむ」

面白そうに受けたディアボロが、「だが」と相手の言い分に水を差す。

「それは、あくまでも推測であって、証拠があるわけではないのだな？」

「そうですけど――」

自分の考えを受け入れてもらえなかったことで、あからさまに落胆《らくたん》の色を見せたスティーブンを眺めやり、ディアボロがそそのかすように提案した。

「それならいっそ、お前の母親に、直接、真相を尋ねてみたらどうだ?」

「――は?」

思ってもみなかったことを言われ、スティーブンがポカンとディアボロの顔を見返した。

「母に……って」

それから、相手の正気を疑うように尋ね返す。

「それこそ、どうやって?――言ったように、私の母は、二十年以上も前に亡くなっているんですよ?」

「もちろん、わかっているさ」

鷹揚《おうよう》に応じ、ソファの背に深くもたれたディアボロが、続ける。

「だが、何年経とうが、天国の門をくぐれない魂《たましい》もある。まして、お前が言うように、本当に密かに殺されたのであれば、きっと復讐《ふくしゅう》する機会を狙って、この世とあの世の狭間《はざま》を、今もさまよい続けているはずだ」

「――それは、つまり」

スティーブンが、眉間の皺を深くして問いつめる。

「貴方は、科学者たちが否定している霊魂《れいこん》の存在を、真面目に信じているということでしょうか?」

「もちろん」

なんのてらいもなく肯定したディアボロが、「というより」とむしろ小ばかにした口調で主張する。

「私の場合、信じるより先に、傲慢で矮小《わいしょう》な人間の知の限界を知っているだけだが」

「傲慢で矮小……」

「そう。昨今の偉《えら》ぶった科学者たちのように、見えない世界を躍起《やっき》になって否定するなど、井戸の中だけがこの世のすべてだと自慢げに話しているカエルと同じだ。人の目に見えない世界はいくらでも存在するし、それを認めようとしない人間こそ、無知蒙昧《むちもうまい》の輩《やから》といえる」

言い切ったディアボロが、「だから、スティーブン」と顎に手を添えて誘惑する。

「母親のためにも、素直な気持ちで交霊会に臨《のぞ》むことを薦《すす》めるよ」

「交霊会……」

それでもまだ、スティーブンは若干厭《じゃっかんいと》わしそうに応じる。

「貴方の言う通りだとしても、巷《ちまた》で流行っている交霊会は、どれもイカサマばかりだと聞いています」

「ああ、だろうな」

そこはあっさり認め、ディアボロは、やけに自信たっぷりに説明する。

「ただ、私が薦めているのは、そういういかがわしい連中とは完全に一線を画した存在だ。私は、一流好みなものでね。中途半端な存在は受けつけない。そんな私が認めた霊媒師《れいばいし》であるのだから、イカサマはないと断言できる。最近、大陸から来たばかりだが、すでに熱心な顧客がついているくらいで、大学の研究者からも能力を実証する実験に参加してほしいとのオファーを受けている。信じていい。彼女は本物だよ。――つまり、正真正銘《しょうしんしょうめい》、本物の交霊会だ」

「それなら、本当に母とも話せると――？」

心を動かされつつあるらしいスティーブンに対し、ディアボロが進むべき道を示してやる。

「疑うのなら、まずは、立会人として交霊会に参加してみればいい。百聞《ひゃくぶん》は一見に如《し》かずというからな」

そこで、再び悪魔のように微笑《ほほえ》んで、付け足した。

「なに、きっと気に入るさ。私が保証する」

第二章　いつもと違う日常

1

朽《く》ちかけた家屋《かおく》の一室で、一人の男がカンテラの明かりを頼りに探し物をしていた。

木造の一軒家。

歩くたびに床《ゆか》が軋《きし》むところからして、いつ壊れてもおかしくない状態にあるようだ。

だが、男は、差し迫《せま》った崩壊の危機など顧《かえり》みることなく、ブツブツと独《ひと》り言《ごと》をつぶやきながら、ひたすら探し物を続けた。

「……絶対に、あるはずだ。あの霊媒師《れいばいし》が言ったことは、爺《じい》さんと俺しか知らないことだった。……あの霊媒師は、間違いなく本物だ。だから、あの場で語られたことは、真実であるはずなんだ」

男の足元で、バキッと嫌な音が鳴る。

これで、何度目だろう。

明らかに、床板が腐っている。

だが、やはり男は気にすることなく、重い椅子を引き寄せて上に乗ると、棚《たな》の上部を手で探った。

その時。

ゆらゆらと。

彼が乗った椅子の下に、黒い影がたなびいた。暗がりにあって、なおどす黒い影――。

しかし、男は気づくことなく、探し物を続ける。

その手が、何かに触れた。

引き寄せると、それは一本の鍵《かぎ》で、それを見た男の顔に会心の笑みが浮かぶ。

「――あったぞ!」

歓喜に満ち溢《あふ》れた男は、壁の金庫を開けるため、乗っていた椅子からドスンと飛び降りる。

祖父が残した遺産は、もう目の前だ。

それさえ手に入れば、彼の未来は明るい。

だが――。

残念ながら、彼に明るい未来はなかった。

彼の人生は、唐突に終わりを迎えたからだ。

彼が椅子から飛び降りた瞬間、ついに限界に達した床が崩れ落ち、重い椅子ともども、男の身体は数メートル下の床へと叩きつけられた。

轟音《ごうおん》とともに粉塵《ふんじん》が舞い、やがてその場が静まりかえる。

他に人のいない屋敷の中で、とても騒々しく、一つの命が潰《つい》えた。同時に、そこで起こるべきことはすべて終わったかに見えたが、どうやらそうでもないらしい。

永遠にも思える沈黙が支配する中、男が落ちたあたりから先ほどと同じ黒い影が漂《ただよ》い出て来て、蛇《へび》のようにうねりながら屋敷の外へと移動し始めたのだ。

それは、枯れ草の間を進み、鎖《くさり》のかかった黒い鉄の門のすき間をすり抜け、屋敷の外壁に沿ってさらに移動していく。

その先に、一人の女が立っていた。

全身をすっぽりと黒いマントで包み込んだ女は、まるで闇の一部と化してしまったかのように微動だにしない。ただ、彼女の胸元で揺れる銀のコインのようなものだけが、ほのかな月明かりに青白い光を放っていた。

それにしても、夜も更けたこのような時間に、こんな淋《さび》しい場所で、彼女はいったいなにをしているのか。

壁伝いに漂ってきた黒い影は、女のところまでくると、スルスルとそのまわりをまわり始め、ついには、胸元で揺れる銀のコインのようなものの中に溶け込むように消えた。

それが合図になったかのように、女がゆっくりと歩き出す。

ところが、数歩も行かぬうちに、背後から彼女に声がかけられた。

「――随分《ずいぶん》と荒稼《あらかせ》ぎしているようだな」

ピタッと歩みを止めた女が、深々とマントをかぶった顔を向けて相手を見返す。残念ながら、マントの陰となった顔の造作はよくわからなかったが、口元の様子を見る限り、けっして悪くはない。

艶《つや》のある唇を引きつったように吊り上げた女が、暗がりに向かって答える。

「これは、男爵様。このようなところでお会いするとは驚きです」

口調はしおらしいが、正直、聞こえてきた声は、女性とは到底思えないしゃがれたものだった。しかも、フードの下から覗《のぞ》いた瞳はうつろで、この世のなにも映《うつ》していないかのようである。

女が続ける。

「パリでお世話になって以来ですが、いつ、こちらにいらしたのでしょう？」

「さて。私は、あまり時間を意識するほうではないのでわからぬが――」

答えた相手は、女とは対照的に、わずかな月明かりにその姿を惜しげもなくさらしている。

堂々と優美な体軀《たいく》。

左右非対称ではあるが、それが返って蠱惑的《こわくてき》な魅力となっている顔立ち。

極めつけは、底光りする緑灰色の瞳である。その妖《あや》しげな輝きは、相対する者をそわそわと落ち着かない心持ちにさせる魔性を秘めたものだった。

「ディアボロ・ヴァントラス」の名で知られるフランスの男爵は、明らかに様子のおかしい女に向かって、当たり前のように話を持ちかけた。

「それはともかく、お前にちょっと頼みたい仕事があって、声をかけさせてもらった」

「…、頼みたいこと？」

意外そうに受けた相手が、「もちろん」とへつらうような声音で応じる。

「シオウルの君主たる貴方様《あなた》の御用命とあらば、喜んでお引き受けいたしますよ。なんなりと、お申し付けください」

「ほお。殊勝《しゅしょう》だな。――まあ、そうは言っても、心の中ではなにを考えているかはわからぬが。おそらく、こうしてせっせと人間の魂《たましい》を溜め込んでいるのも、なにか目論見《もくろみ》があってのことだろう」

「滅相《めっそう》もない」

一応否定はしたが、まんざらでもないような口調で応じた相手が、「――で」と話を切り替える。

「それがしに、どうしろと?」

2

ロンドン、ケンジントン地区にあるテラスハウスでは、その日も執事《しつじ》の第一声で朝が始まった。ただし、それは微妙になにかが違う一日の始まりである。

「おはようございます、リドル様」

「……おはよう、メルヴィ」

健《すこ》やかに挨拶《あいさつ》しながら入って来た執事を、リドルはベッドの中から目で追う。

相変わらず、寸分の隙もなく着こなした仕事着。

流れるように歩く姿も、ふだん通りだ。

だが、リドルは知っている。

なにもかもが通常通りでありながら、なにかが違う。

父親であるウッドフォード伯の来訪から今日まで、すでに数日が過ぎていたが、その間、リドルの中で、この比類なき執事に対し徐々に徐々に違和感が募《つの》り、今では確信に至《いた》っている。

（なにかが、違う――）

カーテンを引く執事の背中を、枕に寄りかかって見つめながら、リドルは改めて思う。

もしかして、自分は、知らない間に、この執事を怒らせてしまったのだろうか――。

そうだとしたら、いったいいつのことであるのか。

正直、心当たりがあり過ぎて、なにが原因か、さっぱりわからない。

もちろん、慇懃《いんぎん》な態度は変わらないし、穏やかであるのもいつも通りなのだが、とにかくなにかが変なのだ。

例をあげるなら――。

「今って、本当に起きなきゃいけない時間なのかな？――もしかして、太陽になにかのっぴきならない事情があって、本来ならまだ東にいるべき時に、南に来てしまったとか」

ごねるリドルに対し、返ってきた言葉は――。

「そのようなことはございません、リドル様」

たった、それだけだ。余計な言葉は一切ない。七歳の子どもにだってできる、最低限の返答である。

その後も、以下のような会話が続く。

「でも、たまには太陽だって間違えることもあるんじゃないかと思うんだけど」

「そのようなことはございません、リドル様」

「そうかな。――でも、いつもよりちょっぴり早めに南に着いてしまっただけで、実は、今、その場で足踏みをしているかもしれない」

「そのようなことはございません、リドル様」

「本当に？」

「さようでございます、リドル様」

「本当に、太陽はいつも通りに動いている？」

「さようでございます、リドル様」

「ネズミは、猫を捕まえる？」

「そのようなことはございません、リドル様」

「それなら、猫がネズミを捕まえる？」

「さようでございます、リドル様」

「……メルヴィ、なにか怒っている？」

「そのようなことはございません、リドル様」

リドルは小さく溜息をついて、これ以上の会話を諦《あきら》めた。

ことほどかように、たしかに会話は成立しているのだが、天の黄道《こうどう》の話もなければ、ネズミや猫のよもやま話もない、これほど紋切《もんき》り型《がた》の返答を、リドルは今まで、この執事から受けたことがなかった。常日頃、いかに取るに足らないリドルの妄言《もうげん》であっても辛抱《しんぼう》強く拾い上げ、豊富な知識で返してくるのとは大違いである。

それでも、立ち居振る舞いやその他すべてが、間違いなくメルヴィ本人であれば、考えられるのはたった一つ——。

リドルが彼を怒らせ、素っ気《そけ》ない態度を取るように仕向けてしまったということだ。

だが、いったいなにが原因でそうなったのか——。

あれやこれや悩みつつ、リドルが「目覚めの一杯」を飲み干し、次に用意された朝食を食べていると、彼らの頭上でベルが鳴り、執事がスッと身を翻《ひるがえ》した。

「失礼します、リドル様」

「うん。好きなだけ失礼していてくれて構わないよ」

「ありがとうございます、リドル様」

「……」

接客のためにメルヴィが部屋を出ていき、一人残されたリドルは、フォークとナイフを動かす手を止め、重い溜息をついた。

このままだと、メルヴィが辞職を願い出るのは時間の問題かもしれないが、そうなったら、自分はこの先どうやって生きていったらいいのか、見当もつかない。はっきりしているのは、自分が、嵐の海に小舟で放り出された人のように、ただただ途方にくれて波間を漂うことになるという予測だけだった。

つまり、お先真っ暗ということである。

ややあって、部屋のドアが開いたので、てっきりメルヴィが戻って来たのかと思ったら、入って来たのは彼ではなく、リドルの悪友であるバーナード・ブランズウィックだった。

光の加減で金色にも見える亜麻色《あまいろ》の髪に明るい薄緑色の目をしたバーナードは、上背《うわぜい》もあって、パッと見には、それなりに見栄えのする紳士である。ただ、一旦《いったん》しゃべり始めると、その軽薄さが際立つ。

「ハロハロー」

久しぶりであるにもかかわらず、いつもと変わらない陽気な態度で入って来た彼は、ベッドに近づきながら勝手に椅子を取りあげ、それをドンとベッドサイドに置いて勝手に跨《また》いで座り込んだ。

毎度のことながら、リドルの了承というのをまったく意に介していない行動である。

「バーニー」

「久しぶりだな、リディ。元気だったか。――いや、そうでもなさそうか」

リドルが答える前に、リドルの顎《あご》をつかんで顔を覗き込んだバーナードが、これまた勝手に結論を下して続けた。

「まるで、ニューゲートで死刑執行《しっこう》を待っている囚人《しゅうじん》みたいだぞ。でなければ、ひたすら考え込んでいる人の足元で、無意味に助けを求めている地獄《じごく》の亡者《もうじゃ》とか。――ここを通る者、すべての食べ物を捨てよってね」

「……食べ物？」

ダンテの『神曲』からの引用が正確ではない気がしたリドルが言い返す。

「そんな具体的なものだっけ？」

「快楽だったか。――なんにせよ、それがなければ、生きる意味がないってものであればいいんだよ」

「なるほど」

別に、ダンテの真意がどうであっても気にならないリドルが適当に納得していると、お皿に残っていた肉の一片をつまんだバーナードが、それをひょいと口にしながら言った。

「そもそも、お前に元気がないのは、こんな風に怠惰《たいだ》な生活をしているからだ。――だが、もう大丈夫。この俺が来たからには、お前を活気のある生活に連れ戻してやるからな」

「……別に、活気のある生活がしたいとは思わないけど」

「なに、隠遁《いんとん》した修道僧《しゅうどうそう》みたいなことを言っているんだ。禿《は》げるぞ」

「え？」

とっさに髪に手をやったリドルから入って来たばかりのドアのほうに視線を移し、バーナードは、

「そうそう、元気がないといえば……」と声をひそめた。

「メルヴィの奴《ヤツ》、どうかしたのか？」

「なんで？」

「いや。今、階下で少しおしゃべりしたんだが、俺が、さっきお前に言ったのと同じように『俺が来たからには、お前のご主人様も活気のある生活を取り戻せるだろう』と告げたら、あの男、なんて返したと思う？」

リドルが、気だるげな視線を向けて応じる。

「『さようでございますか、バーナード様』、でなければ『ありがとうございます、バーナード様』じ

やない？」

「当たり《ジャックポット》。『ありがとうございます、バーナード様』のほうだった」

パチッと指を鳴らして認めたバーナードが、すぐに不思議そうな顔をして訊《き》き返《かえ》す。

「でも、なんで、わかった？」

ふだん、バーナードがリドルを連れ出すことを若干《じゃっかん》渋っている節《ふし》のあるメルヴィであれば、こういった急な誘いは、反対はしないまでも、諸手《もろて》をあげて喜ぶことはない。

まして、感謝するなど、絶対にあり得ないことだった。

それが「ありがとうございます、バーナード様」と来た日には、他人の家の執事の言動などあまり気にしないバーナードですら、一瞬耳を疑う。

リドルが、哀しそうに答える。

「理由はわからないけど、最近、メルヴィの語彙《ボキャブラリー》が極端に少なくなっているんだ」

「へえ？」

意外そうに応じたバーナードが、リドルのほうに身を乗り出して尋ねる。

「まさか、お前、彼のことを怒らせたのか？」

「……そのつもりはなかったけど、あの様子を見る限り、そうなんだろうなあ」

言いながら、リドルは肩を落とした。

その落胆《らくたん》ぶりに、バーナードは思わず苦笑する。

「なるほど。だから、元気がなかったのか。……たしかに、お前の場合、メルヴィがいないと生きていけないからな」

「うん。生きていけない」

「でも、この際だ、頑張ってあの男から独立するのもいいかもしれないぞ。――なに、心配せずとも、俺が、次の執事を見つけてやるよ」

「バーニーが？」

「ああ。――さすがに、彼より優秀な執事は難しいかもしれないが、もう少し従順な執事なら、見つけられるだろう」

「……それは、ありがたいことだけど」

リドルが肩をすくめて断る。

「でも、メルヴィのことは、もうしばらく様子を見てから考えるよ」

「そうか。――まあ、考えてみれば、執事なんて、とりあえず生活リズムを整えてくれさえしたら、彫像のごとく寡黙《かもく》でも困ることはないがね」

「……う～ん」

たしかにそうかもしれないが、それでは、リドルが淋しいのだ。

もっとも、バーナードにとって、メルヴィのことはあくまでも世間話の一環でしかなかったようで、

「それより、リディ」とさっさと本題に移った。

「お前に、紹介したい人がいるんだ」

朝食のお盆をサイドテーブルに置いたリドルが、ベッドを降りながら訊き返す。

「それって、もしかして、美人占い師のこと？」

「——よく知っているな」

「この前、『鹿馬亭《ディアホースてい》』で聞いた」

「ふうん」

つまらなそうに納得したバーナードが推測する。

「情報源は、さしずめ、彗星《すいせい》ハンターのコナーか古美術品マニアのトットナムウッドあたりだな」

「トッティだよ」

トットナムウッドの愛称で答えつつ、メルヴィが用意しておいてくれた服に袖《そで》を通すリドルに向かい、バーナードが人差し指を振って「だが」と否定する。

「その情報は、若干違っている」

「そうなんだ？」

「ああ。俺がお前に紹介したいのは、占い師ではなく、霊媒師だから」

3

くだんの美人霊媒師に会いに行く途中、リドルとバーナードは、おもにバーナードのために、昼食を取りに、馴染みのクラブに寄った。

その際、ドアマンが開けてくれたドアから入ろうとした彼らに対し、猛獣《もうじゅう》が頭突きでもする勢いで、中から一人の男が飛び出してくる。

「わっ」

「危ない！」

「おっと、失礼」

かなり急いでいた相手が、謝りながら通り過ぎようとしたところで、そこに立っていた二人を認識して足を止めた。

「おや。バーニーに、リディじゃないか！」

「やあ、トッティ」

「よお、トットナムウッド」

それは、パブリック・スクール時代の友人であるロバート・トットナムウッドだった。昔から古いものが大好きで、今は、ウエスト・エンドで古美術品を扱《あつか》う店をやっている。ただし、儲《もう》けがあるかどうかは、不明だ。それでもトットナムウッドが生活するのに困らないのは、彼の実家が大金持ちで、一生遊んで暮らしてもまだ有り余るほどのお金があるからだった。

「それで、トットナムウッド、お前ときたら、なにをそんなに急いでいるんだ？」

バーナードの問いかけに対し、足踏みしながら彼は答えた。

「電車の時間が迫《せま》っているんだよ」

「電車って、どこかに行くの？」

リドルが訊くと、彼はうなずいて続ける。

「人は、どこかに行くために電車に乗るものだからな。僕だって、当然、行くべき場所はある。そして、今回の目的地は、エセックスだ」

「そこに、なにがあるわけ？」

「もしかして、マンモスの骨でも出たか？」

「いや、マンモスの骨はないと思うけど、なにかの骨くらいは出るかもしれない。——というのも、父が、巡《めぐ》りに巡ってその家を相続したんだが、そこは地元で『幽霊屋敷』と呼ばれている有名な心霊スポットなんだそうだ」

「幽霊屋敷？」

リドルとバーナードが顔を見合わせる。あまり、率先して行きたい場所ではないというのが、二人の表情にありありと出ていた。

リドルが、確認する。

「トッティ、幽霊屋敷に行くんだ？」

「ああ」

「なんのために？」

「そりゃ、相続はしたものの、そんな陰鬱《いんうつ》な噂《うわさ》のある家など真《ま》っ平御免《ぴらごめん》だというので、父の号令一下、建て替えが決まったんだけど、古いものをこよなく愛する僕としては、その前に、古美術品に相当するようなものがないかどうか、きちんとチェックしに行かないとまずいだろう。——要するに、血が騒ぐってやつさ」

「でも、幽霊屋敷なんだよね?」

「だから、そう言っているだろう」

「もし、幽霊が出たら、どうするの?」

「さあ。ひとまず、『こんにちは』とでも言うかな」

ふざけて答えてから、トットナムウッドは付け足した。

「なんだ、リディ。まさか、このご時世に、本当に幽霊が出るとかって、信じているわけじゃないだろう?」

からかうように言われたことに対し、リドルが気だるげながら、真面目《まじめ》に答える。

「え、信じているよ。だって、『幽霊屋敷』なんだよね。幽霊がいるから、そう呼ばれるのであって、いなければ、そうは呼ばれないはずだから」

「なるほど」

トットナムウッドが、目を細めてリドルを見下ろす。

「その発想は、まさに、『アメージング・リディ』だな。できれば、その純粋《じゅんすい》さは一生失わないでほしいし、奪おうとする奴がいたら、いっそのこと、僕が黙っちゃいない」

すると、隣で聞いていたバーナードが、皮肉気に応じた。

「安心しろ。守護天使も健在であれば、リディは、一生このままだろうよ」

「ああ、ウーリーね」

納得したトットナムウッドが、懐中時計を取り出して見おろし、「ああ、いけない」と言って歩き出す。

「しゃべっていたら、もうこんな時間だ。危うく電車に乗り損なってしまうところだった。——ということで、僕はこれで失礼するよ。今度、ゆっくり食事でもしよう」

次第に小走りになり、最後は駆けだした後ろ姿を見送り、リドルが言った。

「まるで、アリスに出てくる白うさぎだね」

バーナードが、微妙な目でリドルを見おろして応じる。

「なら、追いかけるか？」

「冗談。幽霊屋敷なんて、それこそ真っ平御免だ」

疎《うと》ましそうに却下《きゃっか》したリドルが、「もっとも」と続ける。

「バーニーには、ちょうどいい物件かもしれない」

「なんで、俺？」

「だって、『幽霊屋敷』だよ？」

「ああ。聞いていたよ」

「だったら、取り壊されてしまう前に、そこで交霊会でもやったらいいのに」

「——なるほど。その手があったか」

あくまでも冗談のつもりで言ったのに、まんざらでもなさそうに顎に手をやって考え込んだ悪友を見あげ、リドルはひっそりと溜息をつく。

バーナードが絡むと、ことは壊滅的《かいめつてき》な状況に陥《おちい》るのが常《つね》であり、あまり刺激しないよう努めるべきなのだが、どうやらしくじったようである。

いったい、今回は、どこにどんな影響を及ぼすことになるのやら……。

今から憂鬱《ゆううつ》に思うリドルであった。

4

ロンドンの街をぶらぶらしたあと、最終的にバーナードがリドルを連れて行ったのは、チェルシー地区にある小さな屋敷だった。

唯美《ゆいび》主義の建築家による装飾的な外観を持つその家は、色彩の使い方が美しく、まさに「ハウス・ビューティフル」の理念に適《かな》う家となっている。

二人が着いた時、すでに交霊会は始まっていて、案内された部屋の中はかなり暗かった。

午後もだいぶ過ぎた時刻であるとはいえ、外はまだ陽のある時間帯である。この暗さを保つために、おそらくこの部屋の窓は、黒い天鵞絨《ビロード》のカーテンで厚く覆《おお》われているのだろう。

室内を照らしているのは、奥のテーブルの上に置かれた一本の細い蠟燭《ろうそく》のみで、居並ぶ人の顔すら照らし出せていない。

入り口付近に置かれた見物席のほうが、廊下の明かりが辛《かろ》うじて差し込んでいるため、少しはましなほうだった。

暗がりで、そうとは知らずに先客の足を踏みつけながら、リドルとバーナードがようやく空《あ》いていいる席に落ち着いた時、それまで静かだった奥のテーブルで、人々がザワザワとざわめいた。

「——動いた⁉」

「今、動きましたよね？」

「し。お静かに」

静止する声が、凛と響く。

「騒ぐと、せっかく降りてきてくれた霊が、驚いて帰ってしまいます。どうか、静かに、意識を集中してください」

女性の声だ。

透き通っていて、とても美しい声。

その声を聞いただけで、相手がどれだけの美人であるか、よくわかるというものである。

どうやら、彼女こそが、バーナードの目当てである美人霊媒師であるようだ。それを示すかのように、暗がりでバーナードがリドルの脇を突いた。

「——な、美人だろう？」

「そんなこと言われても、こんなに真っ暗じゃ、顔なんて見えないよ。……まあ、たしかに、声はきれいだけど」

とたん、前に座っていた紳士が二人を振り返り、「しっ」と唇に指を当てて沈黙を強《し》いた。美人霊媒師の邪魔をするなということだろう。

もしかしたら、彼もバーナードと同じく、彼女の追っかけをやっているのかもしれない。

その時、奥のテーブルで、再び動きがあった。

「見て、テーブルが、勝手に動いていくわ！」

「本当だ！」

「いったい、どうして⁉」

「お静かに——」

霊媒師が低く、だが、ひそかに人々の興奮を煽《あお》るような口調で宣言する。

「霊が、やってきた証《あかし》です。いいですか、みなさん、今まで以上に意識を集中して、霊に対して呼びかけましょう」

それに対し、一人の婦人が、「ひっ」と喚《わめ》いて部屋の隅を指さした。

「見て。あそこに、なにかいますわ！」

つられてリドルが見た先に、たしかに、ぼんやりと白い影が揺らめくのが見えた。

ヒラヒラとした立体感の無いなにか——。

「霊の実体化です！」

女の霊媒師が叫んだ。

だが、リドルは、なんとなく違和感を覚えて、眉根《まゆね》を寄せる。

（霊の実体化——？）

そんなことが、あり得るのだろうか。

それに、そもそも、ここに霊がいるにしては、リドルの肌は滑《なめ》らかなままだし、ゾクリとする寒気もない。正直、まったくなにも感じないのだが、幽霊の中には、これほどまでに見事に気配を消せる幽霊というのが存在するものなのか?

(――うん。きっと、いるんだ)

あまり物事を複雑に考えないリドルは、あっさり納得することにした。なにせ、相手は本職の霊媒師である。その彼女がいると言うからには、霊はいるのだろう。

なにより、リドルの場合、本当に霊がいようがいまいが関係なく、単に、これからここでなにが起きるか、そっちのほうが興味深かった。

だが、その時――。

「イカサマだ!」

見物席の一番前に座っていた男が立ちあがって叫び、その場に漂っていた神秘的な緊張感を一気に台無しにした。

「イカサマ?」

「イカサマって、なにが……?」

明らかに、先ほどとは違ったざわめきが沸《わ》き起《お》こる中、美人霊媒師が慌てて人々を鎮《しず》めようとする。

「みなさん、お静かに。騒ぐと、霊が――」

だが、みなまで言わせず、男が突っ込む。

「霊なんて、端《はな》からいやしない!」

それには、さすがにカチンときたらしい霊媒師が、立ちあがって文句を言う。

「ちょっと、貴方《あなた》、邪魔しないでくれませんか?」

「悪いが、イカサマでみんなを騙《だま》そうとしているのを、みすみす見過ごすわけにはいかない!」

するど、交霊会に参加していた紳士の一人が、振り返って訊いた。

「本当に、イカサマなのか?」

「そうです。すべてイカサマです。なんなら、今から僕がからくりを説明しましょう。とにかくみなさん、こんなペテンに引っかかっては駄目ですよ。彼女は、イカサマをやって、みなさんから金を騙し取ろうとしているんです」

主張しながら振り返った男は、入り口付近に立っていたこの家の使用人に向かって、「君たち」と命令する。

「カーテンを開けて、明かりを――」

それを受け、黒い天鵞絨のカーテンが取り除かれると、室内はにわかに明るさを取り戻した。

白々とした光の下で見ると、あれほどおどろおどろしく神秘的に思えたその場の雰囲気が、やけに安っぽく感じられる。

そのせいだろうが、テーブルの前に居並ぶ人々が、どこか恥ずかしげに顔を背《そむ》け合《あ》う中、見物席から進み出た男が、つい今しがた、霊が見えたあたりの床に落ちていた布切れを拾いあげて、みなに見えるように高く掲《かか》げた。

その風体《ふうてい》はといえば、背がひょろりと高く、黒褐色の巻き毛に眼鏡《めがね》をかけた、研究者風の男である。

「御覧なさい。これが、霊の正体です」

男が手にしているのは、柔らかいモスリンの布切れで、布の端には細い糸がくくり付けられている。その糸を辿《たど》ると、シャンデリアを経由して霊媒師のところまで届いていたため、彼女が糸を巧《たく》みに操って、その布きれを幽霊のように動かしていたのは間違いなかった。

さらに、男はテーブルのそばまで歩いていくと、その上にかけてある黒のテーブルクロスに手をやって宣告する。

「賭《か》けてもいいが、このテーブルクロスを取ると、テーブルの上には、一枚板が乗せてあるはずです。その板とテーブルの間には、玉ころがあって、ほんのちょっとの力を加えただけで動くようになっている。——こんな風に」

言うなり、ザッとテーブルクロスを引いた。

男の言葉通り、テーブルの上には厚い板が乗っていて、その板だけが簡単に動く仕組みになっている。

「ほら、言った通りでしょう！」

どこか誇《ほこ》らしげな男のまわりで、ざわざわと非難めいたざわめきが広がっていく。

それに対し、立つ瀬のなくなった霊媒師は、苦虫を噛《か》み潰《つぶ》したような表情をしてテーブルに頬杖をつき、そっぽを向いた。すでにその神秘性は損なわれ、化けの皮がはがされた状態であったが、それでもなお、蜂蜜色の髪の落ちかかる横顔は、美の女神ヴィーナスもかくやというほど美しいものだった。

バーナードが夢中になるのも、頷ける。

とはいえ、今や彼女がイカサマを働こうとしていたことは明白で、居並ぶ人々が彼女に対し憤懣《ふんまん》を爆発させようとした、まさにその時だ——。

「それが、どうした?」

リドルの横にいたバーナードが、椅子の背に片腕をかけた姿勢で、イカサマを暴《あば》いた男のほうを糾弾《きゅうだん》した。

「——なんだって?」

まさか、自分に抗議の声が飛んでくるとは思っていなかった男が、驚いた様子で声の主《ぬし》を探す。

そんな男に向かって、バーナードがさらに言う。

「まったく、相変わらず、無粋《ぶすい》の極《きわ》みだな、リチャード・レスリー」

ようやく声の主を探しあてた相手が、バーナードの顔を見るなり、眩暈《めまい》がしたかのようにフラッとふらついた。

「どこのバカかと思ったら、お前か、バーナード・ブランズウィック」

「ああ、そうだ」

「くそ。まさに、生粋《きっすい》の愚《おろ》か者《もの》の登場だな。幽霊がいてくれたほうが、ずっとましだったよ。なんたって、お前が絡むと、正論は正論でなくなり、すべてが混沌《こんとん》の坩堝《るつぼ》と化す。だが、そもそもどうして、いつもいつも、そうやって余計なことに首を突っ込んでは、状況をさらに悪化させるんだ?」

「それは、そういう運命を担《にな》っているからさ」

応じたバーナードが、席を立ち、テーブルのほうに近づきながら続ける。

「今の場合は、さしずめ、悪漢から美女を守る騎士の役割といったところか」

「――なにが、騎士だ。生まれながらの道化者のくせに」

「無粋になるくらいなら、道化者で結構。だいたい、あんたときたら、そうやってお得意の科学的証明とやらを振り翳《かざ》していい気になっているようだが、俺からすれば、それがどうしたと言いたいね」

「誰がいい気になっているっていうんだ。そっちこそ、大勢の前で、無知蒙昧《むちもうまい》を広く知らしめるような愚行《ぐこう》は止《や》めにしておくんだな。ブランズウィック家の名前に、またつまらない傷がつくぞ。――言っておくが、お前がどう茶々をいれようと、これは、立派な詐欺《さぎ》行為だからな！――いわば、犯罪だ！」

レスリーは指を突きつけて断罪したが、バーナードには通じない。

「どこが？」

軽やかに反論しつつ、さりげなく美人霊媒師の隣に立ったバーナードが、彼女に手を差し出しながら主張する。

「むしろ、見事なショーじゃないか」

「ショー⁉」

「ああ。あんたは、いともっともらしくからくりを暴露《ばくろ》していたが、やっている側にしたら、えらい迷惑な話だろう。営業妨害《ぼうがい》もはなはだしい。――いっそのこと、告訴して賠償金《ばいしょうきん》でも請求《せいきゅう》するか」

「……お前、なにを言って」

どういうわけか、自分の立場が劣勢《れっせい》になっていくのを感じ取ったレスリーが慌てて言い返そうとするが、バーナードの滑らかな舌は止まらない。

「そもそも、この科学万能のご時世に、どこのバカが、本気で心霊現象なんて信じると思っているんだ？」

目を剝《む》いたレスリーが、言い返す。

「つまり、お前は、本気で、これが、始めからからくりありきで披露《ひろう》されたショーだという気なのか？」

「そうだよ」

立ちあがった美人霊媒師と一緒に歩き出しながら、バーナードは宣言する。

「これは、『交霊会』という名のショーだ。ここに集《つど》う良識ある紳士淑女は、決して阿呆《あほう》のように騙されたわけではなく、ただ純粋にそのショーを楽しんでいただけなのに、分をわきまえない下品な誰かさんが、自分の知識を披露したいがために、それをぶち壊しにしたってわけだ。──それは同時に、主催者であるこの家のご婦人のことを、無知蒙昧の輩《やから》であると公《おおやけ》に非難したのも同然で、普通に考えて、これほど無礼なことがあるかって話だ」

「いや、別に、僕は──」

完全に劣勢に立たされてしまったレスリーが、何も言い返せずにしどろもどろになっていると──。

「ということで、みなさん」

いつの間にか美人霊媒師とともにドアの前まで進んでいたバーナードが、居並ぶ紳士淑女に向かってお辞儀をし、しれっと告げた。

「自分勝手な男のせいで中断してしまいましたが、もし、このショーを少しでも楽しんで頂《いただ》けたのであれば、そこにポケッとした顔で座っている霊媒師の助手が、皆さんからのチップを受け付けます。」

ええ、その紅茶色の髪をした美青年です。——そう、お前だよ、リディ」

突然名指しされ、びっくりして自分の鼻の頭をさしたリドルに対し、その場にいた全員の視線が集まる。

「え、なんで、僕……？」

焦《あせ》るリドルだが、バーナードは、みんなの視線が逸《そ》れた一瞬の隙を逃《のが》さず、ちゃっかり「では、皆さま、ごきげんよう」というなり、美人霊媒師と手に手を取り合って、すたこらさっさと逃げ出した。

一人、人々の注目を浴びながらその場に取り残されたリドルは、しばらくわけがわからずに呆然《ぼうぜん》としていたが、ややあってハッと我に返ると、遅ればせながら困ったようにあたりを見まわした。

自分に向けられている人々のもの言いたげな目。

目。

目。

「……えっと」

老若男女入り混じり、人々が説明を求めるようにじっとリドルを見つめる中、対応に困った彼は、ひとまずにっこりと笑顔を作ってみせた。こういう場では、天真爛漫《てんしんらんまん》な笑顔が少なからずものを言う。

それから、「あ、そうだ」と思いつき、彼はおそるおそる尋ねた。

「——チップ出す人、います？」

5

「いやあ、それにしても変わらないね、君たちは」

混乱する場をなんとか収め、セント・ジェームス通りに面した紳士たちのクラブに落ち着いたところで、ここまで同行してきたレスリーが、眼鏡越しにリドルを見ながらしみじみと言った。

ちなみに、イカサマを暴露したリチャード・レスリーというのは、ケンブリッジ時代の先輩であり、今いる場所は、「オックスブリッジの卒業生」、つまりオックスフォード大学とケンブリッジ大学の卒業生であれば誰でも入れるという会員制クラブだった。

当然、ケンブリッジに進んだリドルやバーナードもここに来る権利はあったが、やんちゃでおバカな若者が集まる「鹿馬亭《ディアホースてい》」と違い、ここは、まさに紳士たちのための落ち着いたクラブであるため、彼らには居心地が悪く、滅多《めった》なことでは来ない。

なにより、リドルの場合、父親や兄もこのクラブの会員であることから、自然と足が遠のいていた。来るとしたら、常連の一人であるウーリーと一緒の時くらいだろう。

なんとなく落ち着かない気持ちでソファに座るリドルに対し、レスリーがスコッチ・ウィスキーのグラスを傾けながら続けた。

「まあ、二人とも、ひとまず元気そうで良かったけど、それにしても、バーナードの奴、先輩を捕まえて『無粋』とは、口が悪いにもほどがあるよな」

「……はあ」

「昔から思っていたけど、君は、よくあんなのとつるんでいられるね。嫌にならないのかい？」

「……まあ」

「あんな風に、厄介事《やっかいごと》を丸ごと押しつけられてもかい？」

「……」

なんとも答えようのなかったリドルが、シードルのグラスをもてあそびながら気だるそうに質問で返した。

「そういうレスリーこそ、何故、あんな場所に来ていたんですか？」

レスリーは、勉強に不熱心だったリドルたちとは違い、在学中から科学者として頭角を現し始めていて、その手の有名なサークルにも所属していた。

ゆえに、巷《ちまた》で盛んになっている怪しげな交霊会などに興味を持つとは思えないのだが、どうも、そうではないらしい。科学者には、科学者なりの興味の示し方があるようだ。

「もちろん、ああいったイカサマを見破るためさ」

レスリーが当然のごとく答える。

「つまり、ただの親切心？」

「そう言われると、語弊《ごへい》があるかな。いちおう、僕のほうにもメリットはあって、心霊現象を科学的に解明するにあたって、データは多いほうがいい。それに、場数を踏むことで、イカサマを見抜く目も養われるし」

「心霊現象を科学的に解明……？」

「そうなんだ。最近の霊媒師には、手の込んだ技を持つ者もいて、やっていることがイカサマかどうか、判断がしにくい相手もいる。――今で言うなら、マダム・エウゲリーノか」

「マダム・エウゲリーノ？」

「最近、新聞を騒がせているんだけど、知らないかな？」

「知りません」

レスリーが、肩をすくめて説明する。

「大陸のほうで名をあげた霊媒師なんだが、噂を聞いてわざわざパリまで調査をしに行った老練の研究者が、ついにイカサマを見抜けなかったそうで、今、僕たちの間ではとてもホットな話題になっていてね。今度、彼女を招いて心霊実験を行うことになったんだ。――良かったら、君も、来てみるかい？」

さり気なく付け足された誘い文句に対し、リドルにしては珍しく、速攻で遠慮《えんりょ》する。

「止《や》めておきます」

というのも、大学時代、「アメージング・リディ」の噂を聞きつけた彼や彼の研究仲間たちは、リドルの周辺で巻き起こる説明不可能な出来事のあれやらこれやらを、なんとか科学的に解明しようと躍起《やっき》になっていた。

それで、一時などは、かなり頻繁《ひんぱん》につけ回されたりもしたのだが、興味が薄れたのか、はたまた他に理由があるのか、いつの間にか、彼らの姿はリドルのそばから消えていた。

ちなみに、酔狂《すいきょう》をこよなく愛するバーナードと、どこまでも真面目で理屈っぽいレスリーの対立構造は、その頃から続いていて、今でも互いを毛嫌いしているようである。

そんなわけで、レスリーとリドルには、現在、これといって親しい付き合いはないのだが、なければないで、久しぶりに会った際の懐かしさは一入《ひとしお》といえる。

リドルが言う。

「レスリーは、いまだに、そうやって心霊現象を研究しているんですね」

「ああ。しかも、現在は、SPRの会員になっていてね」

「SPR?」

リドルが訊き返したので、彼は眼鏡を押し上げながら意外そうに応じる。

「あれ。ケンブリッジにいたくせに、SPRを知らない?」

「知りません」

「ケンブリッジ大学の研究者たちを中心に、今から十年くらい前に発足した『心霊研究協会』のことだけど、運営委員には、当代きっての科学者を始め、そうそうたる顔ぶれがそろっていてね。それでもって、僕たちは、科学の力で超常現象を解明しようとしているんだ」

「へえ、すごいですね」

やっていることは昔とほとんど変わらないが、後ろ盾《だて》を得たことで、よりいっそう本格的になっているようである。

「それなら、今日も、その関係で?」

「あ、いや」

レスリーが、真面目な顔つきで否定した。

「ちょっと違う。今回は、あの家の主人に個人的に頼まれて調査しに行っただけだよ。――というのも、主催者であった彼の奥方が、最近、ああいった交霊会にすっかりはまってしまったらしく、なんとか目を覚まさせてやることはできないかということだったので、我々がこれまで蓄積《ちくせき》してきた研究成果をもとに、巷にはびこる悪の権化《ごんげ》――この場合、イカサマ霊媒師のことだけど――の正体を暴いてやることにしたんだ。いわば、大義ってやつだな」

そこまで言ったところで、ふいに先ほどの屈辱《くつじょく》を思い出したのか、「それだというのに」と憤懣を顕《あら》わにする。

「そんな僕をつかまえて、公衆の面前で『無粋』などとあげつらうとは――！」

頭から湯気でも出そうな勢いだ。

おそらく彼自身、著名人《ちょめいじん》として社交界で人気を得るには、自分の性格が少々堅物《かたぶつ》過ぎることを自覚しているのだろう。

人間、本質を突かれると、怒りは増幅《ぞうふく》する。

リドルが、気だるげな様子のまま慰《なぐさ》めた。

「でもまあ、レスリーのおかげで、あの奥さん、交霊会からは足を洗うようなことを言っていたのだから、結果オーライじゃないですか」

「それはそうだが、そもそも、世の中、イカサマに騙される人間が多過ぎる。今、この瞬間にも、こころンドンで開かれている交霊会がどれくらいあるか、想像するだけで頭がクラクラしてしまうよ」

リドルが、首をかしげて問いかける。

「そんなに多いんですか？」

「多い、多い」

そこで、ふと思い出したように、彼は言った。

「現に、君のお兄さんだって」

「スティーブン？」

それまでソファに沈《しず》み込《こ》むように話していたリドルが、体勢はそのままに、首を回《めぐ》らせて琥珀色《こはくいろ》の瞳でレスリーを見つめる。

ちなみに、リドルの兄であるスティーブンとレスリーは、ともにイートン校出身で寮も同じだったため、年齢はスティーブンの方が上であるが、日頃から、それなりに付き合いはあるようだった。

「兄が、どうしました？」

「――あ、いや」

もしかして余計なことを言ったかと、どこかためらいを残しつつ、レスリーが教える。

「僕も、その話を聞いてとても驚いたんだが、先日、僕の知人が、ある人物の交霊会でスティーブンに会ったそうなんだ。しかも、それが初めてのことではなかったらしい。――ああ、ちなみに、それこそ、さっきも言ったマダム・エウゲリーノの交霊会だよ」

「スティーブンが、交霊会に⁉」

「うん。びっくりだろう。——もっとも、その時は、単なる見物人に過ぎなかったそうだけど、交霊会が終わったあとの話しぶりからして、次こそは、自《みずか》ら交霊会に臨《のぞ》むつもりではないかと」

それは、正直、驚天動地《きょうてんどうち》な情報だった。

というのも、スティーブンと言えば、レスリーに輪をかけて真面目で堅物、しかも、今どき珍しく信仰心もあって、交霊会など、神をおろそかにするような怪しげな集まりに顔を出すとは、到底思えないからだ。

それが、いったいなぜ——？

その異色とも言える行動は、父親が心配していたことと、なにか関係があるのだろうか。

リドルが、尋ねる。

「それって、だいたいいつ頃の話か、わかりますか？」

「僕が聞いたのは昨日だけど、たぶん、交霊会は、その数日前のことだと思う」

「……数日前」

つまり、スティーブンが、人前に姿を見せなくなってからの出来事ということだ。

もし、それが真実だとしたら、日々の暮らしを放棄《ほうき》してまで、彼はいかがわしげな交霊会に通っていることになる。

いったい、なんのために——？

レスリーに別れを告げ、家路についたあとも、リドルの頭からは、そのことが離れなかった。

6

暗い部屋に、女の声が響く。

年の割に、低くしわがれた聞き取りにくい声だ。聞きようによっては、二種類の声が混じっているようにも聞こえた。

「……息をゆっくりと吐《は》いて、身体の力を抜いてください。そうです。そして、邪念を捨てて集中するのです。——貴方の心の呼び声だけが、私を貴方のお母様のところまで導いてくれるのですから」

それに合わせ、スティーブン・モルダーが、ゆっくりと身体の力を抜いていく。その背後では、一人掛けのソファに腰かけたディアボロ・ヴァントラスが、楽しげな顔で様子を見守っていた。

ここは、ロンドン郊外にあるディアボロの居城であるが、いつもと違って、他に人はいない。スティーブンのためだけにこの空間を解放するという行為が、次期ウッドフォード伯爵の自尊心をくすぐり、心を開かせるのに役立つと知ってのことである。

霊媒師が続ける。その胸元では、銀のコインのようなものが照明を映してきらきらと輝く。

「——ああ、貴方のお母様が、こちらに来たがっているのがわかります。だけど、まだ足りない。心を開いて、もっと呼びかけて」

目を瞑《つぶ》ったまま顔をあげたスティーブンが、うっすらと唇を開いてもどかしげな表情をする。何度呼びかけても、声が届かないことに苛立《いらだ》ちを募らせているのだろう。

霊媒師が、煽る。

「もっと。もっと。もっとです。——あああああ、もっと、もっと、呼び寄せて！」

言いながら、自分も興奮してきたように身体を揺らした霊媒師の口から、突如《とつじょ》、その声が漏れ出た。


……ス……ティー……ブン……。


「——！お母さん？」

目を開き、ガバッとテーブルの上に身を乗り出したスティーブンに対し、放心したような表情をした霊媒師が、天井《てんじょう》を向いたまま言う。


……スティーブン。わたし…よ、おまえの母…のユ…ディット…。


「……まさか、本当にお母さんなんですね？」

ついに、来たのだ。

二十年以上前に亡くなった彼の母親が、今、彼の目の前に降りてきている。

そんな奇跡があっていいのだろうか。

まだ、どこか疑わしげでいる彼に対し、霊媒師を通じて母親の霊が、彼だけにわかる特別な呼びかけをした。

……スティーブン。わたし…の…かわいい天使……。ミツ…バチのように…かわいらしくうごく……いとし…いわたしの…坊や。

「ああ！」

その呼びかけが合図になったかのように、スティーブンが手を伸ばして語りかける。

「お母さん。お母さんですね。どこにいるのです。今、幸せですか？」

それに対し、天井を見つめていた霊媒師が、ふと身体を起こしてキョロキョロと辺りを見回した。

……ここは……さむ……い。ここは……きら……い……。にくしみ……が、わたし……を……ここに……しばり……つけている……。

今にも消え入りそうな頼りなげな声。

心が締め付けられる思いがしたスティーブンが、核心《かくしん》をついた質問を投げかける。

「憎《にく》しみって、誰に対するものなんです。やはり、あの女がお母さんを殺したんですか？――お父さんを、我がものとせんために、貴女《あなた》を殺した？」

すると、なにかを探すように視線をあちこちさまよわせた霊媒師が、スティーブンを見つけて、虚《うつ》ろな瞳を向けてくる。その際、声のトーンが微妙に変化したことに、スティーブンは気づいていないようだった。

……にく……い。わたしを……ころした……あの人……がにくい……。

とたん、スティーブンの目に怒りの炎《ほのお》が燃え立った。

「やっぱりそうか！　あの女が、お母さんを殺した。——でも」

そこで、切なげな表情になって、彼は続ける。

「あの女も、死んだんですよ。だから、お母さんの代わりに復讐《ふくしゅう》してあげることは、もうできないんです」

そのことが悔《く》やまれてならないと言わんばかりのスティーブンの前で、霊媒師が、相変わらず虚ろな瞳を向けたまま、憎々しげに告げる。

……にくい。……あの人が……にく……い。……わたしを……ころ……して、あの女をめとっ……た男が……。

「——え？」

霊媒師の口からこぼれた意外な真実を聞き逃さなかったスティーブンが、それまでの興奮が一気に冷めたように霊媒師を見返した。

その表情が、徐々に驚愕《きょうがく》に彩《いろど》られていく。

「……男？」

スティーブンの母親を殺したのは、男だというのか。

しかも、母親を殺して、別の女を娶《めと》った――。

それを現実に当てはめたなら、彼の母親を殺したのは、そのあとで妻の座に収まったリドルの母親ではなく、リドルの母親を妻の座に据《す》えた人間――、つまりは、スティーブンの父親であるウッドフォード伯ということになる。

混乱したスティーブンが、訊く。

「お母さん！　本当に、お父さんが、お母さんを殺したというんですか？――あの女を妻にするために？」

だが、霊媒師は、よくわからないというように苦しげに頭を振って、再びつぶやいた。

……にく……い。わたし……をころし……たあの……男。あの男が……死ぬまで、わたしは……ここで……苦しみ……つづける……。……くる……しみ……。うあああああああああああああああああ！

霊がけたたましい叫び声をあげると同時に、痙攣《けいれん》でも起こしたかのように霊媒師の身体がガタガタと震え出した。

彼らの背後で成り行きを見守っていたディアボロが、前に進み出て様子を窺《うかが》い、ついには交霊会の終了を宣言する。

その際、慄然《りつぜん》とした顔で霊媒師を凝視《ぎょうし》していたスティーブンはまったく気づかなかったようだが、彼女の身体を支えるディアボロの顔には、なんとも言えない満足げな表情が浮かんでいた。ことはすべて、彼の計画通り運んでいると言わんばかりの表情である。

その後、霊媒師を送り出したディアボロが、広間に戻ってきたところで、放心したようにその場に座り込んでいたスティーブンに声をかけた。

「大丈夫か?」

「……ええ」

頷いたあと、目の前に座った男にすがるような目を向けて、スティーブンは言い直す。

「いえ。やっぱり、あまり大丈夫とは言えないようです」

それから、たった今、経験したことを反芻《はんすう》するように、それまで霊媒師が座っていた椅子に目を向けて続ける。

「……本当に、父が母を殺したのでしょうか」

「さあ」

肩をすくめて応じたディアボロが、正直に話す。

「あれが、お前の母親かどうかは、当事者にしかわからないことだからな。私には何とも言えない。

——ただ」

言いながら、そばに置いてあった青い色の瓶《びん》を取り上げ、それを手の中でもてあそびながら続けた。

「そばで聞いていた限り、このままでは、お前の母親の魂に救いが訪れることはなさそうだ」

「そんな――」

スティーブンが、動揺したように頭を抱《かか》え込《こ》む。

「ああ！　私は、どうしたらいいんだろう。――いったい、どうしたら」

すると、コトッと。

気を惹《ひ》くように小さく音を立ててスティーブンの前に青い瓶を置いたディアボロが、苦しむ青年の髪を優しく撫《な》で、ついでに自分のほうに向かせると、緑灰色の瞳を妖しく光らせて、告げた。

「欲することを為せ。――それが、今、私がお前に言える唯一のことだ」

第三章　二人のメルヴィ

1

白く靄《もや》がかった夜更《よふ》け。

入り組んだ石畳《いしだたみ》の路地を、一人の男が足早に歩いていく。

全身を黒いマントですっぽりと包み込み、地に足がついているのかどうかわからないほど滑《なめ》らかに動く男である。

角を曲がる時に背後を気にした男は、そのまま路地を抜けてセーヌ川沿いの道路に出てきた。

どうやら、なにかに追われているらしい。

男は、またも背後を気にしながら、細い階段を流れるように駆け下りて、川面《かわも》に近い河岸に降り立った。

橋げたの下から見上げた先には、ノートルダム大聖堂の巨大な薔薇窓が見えている。

と――。

それまで背後を気にしていた男が、前方に目を戻したところで、ハッと動きを止めた。

そこに、なにかがいた。

橋《きょうりょうか》梁下の暗がり。

月明かりも届かない漆黒《しっこく》の闇《やみ》の中、その闇をなお濃くしたような黒い影がいるのが見える。

パリの夜に溶け込むように輪郭《りんかく》がおぼろげであるにもかかわらず、そこから放たれる気の禍々《まがまが》しさは半端ではない。

人間でないのは、たしかだ。

それどころか、この世のどの生物でもなさそうである。

凝《こご》った闇のような存在は、ただただ敵意の塊《かたまり》となって、男の様子を窺《うかが》っている。

あたりに、獣臭《けものくさ》さが漂《ただよ》った。

魔――。

黒いマントをまとった男が、警戒するように一歩さがりながら、指先をあげて宙になにかを描く。

ジリッと。

両者の間に、緊張が走った。

その時、マントをまとった男の背後で、カタンとなにかの音がした。おそらく、このあたりを根城にしている浮浪者かなにかだろう。

それでも、男の意識が、一瞬、対象物から逸《そ》れた瞬間。

暗がりにいた影が、男に向かって躍《おど》りかかった。

気づいた男が、間一髪のところで身をかわす。その際、頭にかぶっていたマントがずれ、その相貌《そうぼう》が顕《あら》わになる。

青く輝く濡れ羽色の髪。

この世の謎《なぞ》をすべて知り尽くしたかのように知的に輝く瞳。

月明かりに照らし出された、その顔は――。

「――メルヴィ!!」


叫んだ声で、リドルは目を覚ました。

イギリス、ケンジントン地区にあるこぢんまりとしたテラスハウス。その二階にある自分の部屋のベッドで目覚めたリドルは、起きあがって、額の汗をぬぐった。

全身にも、びっしょり汗をかいている。

それぐらい、緊迫感《きんぱくかん》があって恐ろしい夢だった。

いったい、どういうことなのか。

この世のものとは思えないおぞましいものに襲われていたのは、彼の執事《しつじ》のメルヴィだ。

しかも、ノートルダム大聖堂の薔薇窓が見えていたくらいなので、場所もリドルのいるロンドンではなく、海を越えたフランスの首都、パリだろう。

少なくとも、この家の中でないのは間違いない。

だが、この家にいるはずのメルヴィが、なぜ、パリであんなものに襲われなければならないのか――。

その理由は、もちろん、今の場面が、あくまでもリドルの見た夢に過ぎず、現実ではないからなのだが、あまりに臨場感があり過ぎたせいで、夢と現実がごっちゃになっている。

「……メルヴィ」

つぶやいたリドルは、どうにもこうにも不安で仕方なくなり、ベッドを降りると部屋を出て、使用人部屋のある屋根裏へとあがっていく。

メルヴィの部屋の前で少し躊躇《ちゅうちょ》したのち、小さくドアをノックするが、返事はない。

そこで、わずかに開けたドアのすき間から室内を覗《のぞ》くと、窓際に寄せたベッドの上には、窓のほうを向いて横たわる執事の姿があった。

寝ている。

それを見て、ようやくホッとしたリドルは、執事に気づかれないよう、そっとドアを閉めて、その場を立ち去った。

と——。

静まりかえる部屋の中、窓のほうを向いて寝ていたはずのメルヴィが、暗がりでパッと目を開き、視線だけを動かしてあたりの様子を窺った。その姿は、まるでからくり人形の目が開いたかのようなぎこちなさで、はっきり言って、どこか不気味だ。

だが、もちろん、そんなことは露《つゆ》とも知らないリドルは、自分の部屋に戻り、まだぬくぬくと温かいベッドに入ると、再び目を閉じて眠りに落ちた。

2

「おはようございます。リドル様」

　朝になり、いつものようにお盆を持って入って来たメルヴィは、すでに起きあがって枕に寄りかかっていたリドルを見て、一瞬、驚いた素振《そぶ》りを見せる。もっとも、ふだん、起こしてもなかなか起きない主人であれば、その驚きは当然だ。

「――いかがなさいましたか、リドル様」

「うん、ちょっと夢見が悪くて」

「さようでございますか、リドル様」

　以前のメルヴィなら、ここで、リドルの夢について根掘り葉掘り聞いてくれたのだが、今のメルヴィは、やはり夢の内容には触れず、流れ作業のような正確さでカーテンを開いて朝食の準備を始めた。

　そんな執事の姿を、絶望感とともに目で追いながら、リドルが訊《き》く。

「そういうメルヴィのほうこそ、昨日の夜は、よく眠れた？」

「はい。ありがとうございます、リドル様」

「疲れているとか、どこか、ケガをしたとかはなく？」

「さようなことはございません、リドル様」

　リドルの前に「目覚めの一杯」を差し出しながら紋切り型の答えを返した慇懃《いんぎん》な執事に、リドルはさらに突っ込んだ。

「実は、ひょっこりパリに行っていたとか、そこで、化け物に襲われて食われそうになったとか、そんなこともなく?」

すると、ピタリと動きを止めた執事が、そのまましばらく固まった。

その様子には、人間らしく動揺して固まったというような情緒深さはなく、ただ、ネジで動くからくり人形が、壁にぶつかって動きを止めざるを得なくなったような無機質さのみがあった。

「……えっと、メルヴィ?」

不審に思ったリドルが声をかけるが、執事は動かない。

朝食のお皿をリドルの前にセットしたまま、ジッと止まっている。

そこで、リドルは、もう一度、執事に声をかけようとしたのだが、その時、二人の頭上でベルが鳴り響き、朝一番の来客の存在を知らせた。

と――。

それまで壊れたからくり人形のように微動だにしなかったメルヴィが、突如《とつじょ》、元の動きを取り戻し、まるで何ごともなかったかのようにクルリと踵《きびす》を返して、告げた。

「失礼します、リドル様」

「……あ、うん」

唖然《あぜん》としていたリドルは、辛《かろ》うじて返事をすると、部屋を出て行く執事を疑いの目で見送った。一人になったところで、ガバッと身体を起こして腕を組み、焦《あせ》りながら考える。

さすがのリドルも、ここに至りすでに「なにか、変」といった領域を遥《はる》かに超えた異常事態になっていることに気づいた。

メルヴィは、メルヴィでないものになっている。

あるいは、メルヴィから、メルヴィの魂《たましい》が抜け落ちてしまったか——。

なんにせよ、彼の執事は、外観は完璧《かんぺき》なまでにそのままであるのに、中身が、なにかとんでもないものと入れ替わってしまったのだ。

「……どうしよう」

ベッドの中でリドルが本気で動揺していると——。

「おはよう、リドル」

貴族的に響く声で挨拶《あいさつ》しながら、ウーリーが颯爽《さっそう》と部屋に入って来た。

「エル！」

相変わらず朝から一分の隙もないほど完璧に優雅で気品に満ちた友人の姿を見るなり、リドルは、相手がなぜここにいるのかとか、ひとまず朝の挨拶をするなどという一切の手順をすっ飛ばして、ぶちまける。

「ちょうどよかった、エル。大変なんだ！」

軽く片眉《かたまゆ》をあげたウーリーが、ベッドの近くの椅子に腰かけながら訊き返す。

「どうしたんだ、リドル。そんなに慌てて、いつもの君らしくもない」

「だって、本当に大変なんだ。一大事なんだよ」

必死になって訴《うった》える様子も、なんだかんだ言いつつどこか気だるげなリドルであるが、それでも、普段からは考えられないほど真剣に言う。

「メルヴィが、いなくなってしまったんだ」

それに対し、「ふうん？」といぶかしげに応じながらドアのほうを見やったウーリーが、肩をすくめて問う。

「でも、だとしたら、今しがた、僕が玄関で挨拶したのは、誰なんだい？」

「あれは、メルヴィであって、メルヴィではないんだよ」

「——なるほど」

その瞬間、どこか思惑《おもわく》有《あ》り気《げ》に口元を引きあげたウーリーであるが、表面上はいたって穏やかに確認する。

「ちなみに、どういうところが、メルヴィではないと？」

「それは、まず、圧倒的に語彙《ごい》が少ないし、さっきは、僕の質問に対してフリーズしたまま、まるで人形のように動かなくなってしまったんだ」

「それは、君が、また、答えに窮《きゅう》するような変な質問をしたからだろう」

「たとえそうであっても、メルヴィは慣れているから、気にしないはずだよ。——基本、どんな質問にだって答えてくれるし」

「——それは、大変そうだな」

同情的に応じたウーリーが、「まあ」と認める。

「フリーズというのは、たしかにちょっと変だね。疲れているのかな」

「僕も、ずっとそう思っていたけど、今朝《けさ》になって確信したんだよ。——あれは、メルヴィのように見えるけど、メルヴィではないって」

するとようやく真面目《まじめ》に取り合う気になったらしいウーリーが、リドルのほうに身を乗り出して教える。

「そうか。そこまで言うなら、教えておいたほうがいいと思うけど、実は、メルヴィについて、君には言っていなかったことがあるんだ」

「——言っていなかったこと？」

「そう。メルヴィは、昔から、たまに魂が抜けたような状態になることがあるんだよ」

「——え？」

紅茶色の髪を揺らしたリドルが、驚いたようにウーリーを見つめる。

「本当に？」

「うん。滅多《めった》にあることではないんだけど、色々と条件が重なった時に、しばらくそういう状態が続くことがある。——たしかに、知らないとびっくりするけど、一週間もすれば元に戻るから、あまり気にしないことだよ」

「……そうなんだ？」

俄《にわ》かには信じがたいことだったが、なにぶん、リドルからすると超人のようになんでも心得ているウーリーに断言されてしまうと、なんとなく信じていいような気がしてくる。それでなくても物事をあまり深くとらえないリドルは、ややあって、そんなものかとあっさり納得した。

「そうか。メルヴィは、魂が抜けたような状態になることがあるんだね。知らなかったけど、まさに、今のメルヴィがそうだから、納得するしかないかも」

「受け入れてくれて、ありがとう。でも、本当に、滅多にあることではないからね。……まあ、元に戻るまで、そっとしておいてやるといい」

リドルの心配を軽減するようにニッコリ笑って請《う》け合《あ》ったウーリーに対し、リドルもほとんど安心しかけて言う。

「わかった。もうしばらく、様子を見ることにするよ。……それにしても、今朝の夢といい、さっきのことといい、なんともおかしなことが続いたものだから、僕も焦ってしまって」

すると、リドルの言葉に引っ掛かりを覚えたように、ウーリーが「夢？」と問い返した。

「彼の夢を見たのかい？」

「うん、見たよ。メルヴィが、パリでなにかおかしなものに襲われる夢。それが、妙にリアルで怖かったんだ。それで、さっき、そのことを問い質《ただ》したら、固まったまま動かなくなったんだよ」

「パリ、ね……」

それまでとは打って変わって気がかりそうな表情になったウーリーが、夢の話をもっと詳《くわ》しく聞こうと口を開きかけたが、その時、再び頭上でベルが鳴り響き、すぐに伝言を携《たずさ》えたメルヴィが姿を現した。

「失礼します、リドル様。——ただ今、少女の使いが参《まい》りまして、バーナード様をメイフェアのホテルに迎えに行くようにとのことでございます」

「バーニーを？」

そこで、ウーリーと顔を見合わせたリドルが、訊き返した。

「少女の使いって、バーニーの？」

「いえ。匿名《とくめい》のご婦人ということでございます、リドル様」

伝言であれば、ふつうに色々と話すことができるらしいメルヴィが慇懃に答えたので、再びウーリーを見たリドルが言う。

「――だってさ」

「ああ。聞こえたよ」

「どうしよう」

「無視すればいい。――だいたい、どうして、朝帰りのバーナードを、君がわざわざ迎えに行く必要があるんだ。彼の執事に連絡して、迎えにやらせればいいだけの話だろう」

「でも……」

そこで、躊躇するように応じてベッドを降りたリドルが、仕度《したく》のために、メルヴィを呼び寄せながら言い返した。

「なにか事情があるかもしれないし、やっぱりちょっと行って来るよ」

その声音に、純粋《じゅんすい》な心配と、少々の好奇心を見てとったウーリーが、肩をすくめて諦《あきら》める。彼には、まったく理解できないことであるが、なぜか、リドルは、どうしようもなく迷惑者のバーナードのことが、とても好きなのだ。

いささか不機嫌そうな様子になったウーリーに、鏡の前に立ったリドルが訊く。

「──そういえば、すっかり訊くのを忘れていたけど、エルの用事はなんだったわけ？」

「べつに」

片手を翻《ひるがえ》したウーリーは、面白《おもしろ》くなさそうに続けた。

「とくに無いよ。ちょっと、様子を見に寄っただけだから」

「へえ？」

鏡越しに意外そうに見返したリドルに向かい、ウーリーが珍しく申し出る。

「だから、バーナードを迎えに行くなら、僕も一緒に行くよ」

「本当に？」

「ああ」

「仕事は？」

「この時期、お偉方《えらがた》はみな、こぞってワイト島に行っているからね。実際のところ、僕は、今、結構ヒマなんだよ」

そこで二人は肩を並べてリドルの家をあとにすると、少女の伝言にあったホテルへと急いだ。

3

「……バーニー」

メイフェアにある豪奢《ごうしゃ》なホテルで、指定されていた部屋に入ったとたん、リドルはそう言って棒立ちになり、ウーリーは呆《あき》れ果てたように天を仰《あお》いだ。

そこには、天蓋《てんがい》付きのベッドの上で、惜しげもなく裸体を晒《さら》したあられもない恰好《かっこう》で手足を四方で縛《しば》られているバーナードの姿があったからだ。

その惨状《さんじょう》からして、最終的になにがあったかまでは定かでないが、彼がここでなにをしようとしていたかは、明白だ。

「ああ、リディ――来てくれたんだな！　さすが、心の友。愛しているよ」

喜色に満ちた声で叫んだバーナードだったが、この状況で言われても、正直、全然嬉しくない。

だが、リドルが反論するより早く、あとから入って来たウーリーを見たバーナードが、瞬時に明るい薄緑色の瞳を剣呑《けんのん》に細め、非常に不機嫌な声になって言った。

「――って、なんでお前がいる、ウーリー」

「たまたま、一緒にいたからだ。そうでなければ、誰が好き好んでこんなつまらないものを見に来るか」

こちらはこちらで、すべてを見通すような鋭いアイスブルーの瞳で睨《にら》みつけながら、手近にあったタオルをバサッと放り投げ、つまらないものを隠した。

「はん。つまらなくて、悪かったな。これでも、一部のご婦人がたには好評なんだ！」

「今、ここで、自慢するようなことか？」

「羨《うらや》ましがるな」

見栄を張ったバーナードに対し、最初の驚きから回復したリドルが、「バーニー」と再び叫んで、ベッドに走り寄る。

「ひどいな、大丈夫？」

「見ての通り、あまり大丈夫ではない」

「だろうね」

紐《ひも》を解きながら、リドルが問う。

「それで、いったい、なにがあったわけ？」

「……まあ、色々だな。推《お》して知るべしって気もするし」

「ああ、もしかして、強盗？　もっとも、ケガはしていなさそうだから本当に良かったけど、最近はホテルも物騒なんだね」

心配しながらせっせと縛《いまし》めを解いていくリドルを奇妙な目で見おろし、バーナードはようやく自由になった右手の手首を左手でさすりながら応じた。

「たしかに、物騒だ」

「それで、彼女は？」

「彼女？」

「ほら、昨日、交霊会にいた霊媒師の女性。――一緒ではなかったんだ？」

「ああ。レディ・テンプルトンのことか」

「彼女、レディ・テンプルトンって言うんだ」

今、初めて名前を聞いたリドルが繰り返していると、自由になった足で宙を蹴りつけるようにして起きあがったバーナードが、「その」と忌《い》ま忌《い》ましそうに訴えた。

「レディ・テンプルトンこそが、諸悪の根源ってわけだ。あのクソ女。とんだ食わせものだったよ」

「――え？」

一瞬、言われたことの意味がわからなかったリドルが、しばらくして事情を察し、「そうか」と納得する。

「強盗の正体は、彼女ってことだね。――へえ、あんなにきれいな顔をしているのに、やることはなかなかえげつない」

どこか感心したように応じたリドルをバーナードがジロッと睨み、文句有り気に言い返した。

「感心している場合か」

「感心しているわけではないけど」

「当たり前だ。あの女、ちゃっかり、俺の全財産まで持って行きやがったんだからな」

「盗られたのは、お金だけ？」

「金と、俺のプライドだ！」

心底傷ついたように吐き捨てるが、一人、ソファに腰かけて一部始終を静観していたウーリーが、立ちあがりながらつぶやく。

「……自業自得だな」

それから、限りなく無意味な時間に終止符を打つべく、リドルに向かって言った。

「帰るぞ、リドル」

「あ、待ってよ、エル。バーニーの支度《したく》がまだ終わっていないんだ」

だが、待つ気のないウーリーは、素っ気《そけ》なく応じる。

「もう一人で動けるんだ。勝手にさせればいいだろう」

「でも、お金盗られちゃって、ないわけだし、このまま放り出すわけには……」

リドルがバーナードを庇《かば》う発言をすると、つまらなそうに肩をすくめたウーリーは、「好きにしろ」と言い残して部屋を出て行く。

その際、バーナードに釘《くぎ》をさすのを忘れない。

「言っておくが、バーナード。金の無心がしたいなら、ワイト島に行って、たまには親にゴマでもすって来い。話は、こっちで通しておいてやる。――その代わり、まかり間違っても、リドルに頼るなよ」

「そりゃ、どうも御親切に」

答えたあと、小さくつぶやく。

「……ふん。えっらそうに」

ついでに、遠ざかっていく後ろ姿に向かって中指を立てたバーナードだったが、すぐにリドルを振り返り、その手から帽子を受け取ると、頭にかぶりながら言った。

「とはいえ、あいつが話を通しておいてくれるなら、相当な額を期待できるだろう。――ってことで、ここは、行かない手はないな」

中身はどうあれ、気づけば立派な紳士に仕上がった友人を見あげ、リドルが驚いたように訊く。

「うそ。バーニー、ワイト島に行くつもり？」

なんと言っても、この時期のワイト島は、社交界の人間がこぞって出かけていて、ある意味、第二の政治の場となっているはずだからだ。

当然、リドルやバーナードのような人種は、まったくもってお呼びでない。

だが、バーナードは、しれっとして応じる。

「もちろん、行くとも。言われた通り、ちょっくらゴマをすりに行って金をせしめたら、すぐに戻ってくる。その時は、今日の礼に、美味《おい》しいものを奢《おご》ってやるから、楽しみに待ってろ」

「……わかった」

だが、そもそも、なぜ、お金を失う羽目になったのか。

反省という言葉とは無縁のお気楽さでのたまうバーナードに対し、リドルはあとについて部屋を出ながら、さすがにこっそり溜息をついた。

4

リドルの奢りで昼食を取り終わった二人が、腹ごなしに街をそぞろ歩いていると、反対側からトットナムウッドが歩いて来るのが見えた。

「やあ、トッティ」

リドルが声をかけると、顔をあげたトットナムウッドが、目を見開いて応じる。

「こりゃ、驚いたな。まるで、昨日を永遠に繰り返しているみたいじゃないか」

前日の同じような時間帯に似たような道でばったり会ったことを言っているのだろう。

続けて、トットナムウッドが疑わしげに問う。

「まさか、一晩中、一緒だったわけじゃないだろうな？」

「違うよ」

気だるげに否定したリドルのあとから、バーナードも「ああ、違う」と心外そうに同意して、「それに」と続ける。

「お前にとっては昨日の繰り返しだったとしても、俺にとっては、そうじゃない。昨日の俺は、もうどこにもいないんだよ、トットナムウッド。俺は、お前なんかと違って、日々成長しているからな」

「ふうん」

意外そうに受けたトットナムウッドが、真面目くさって答えた。

「反省しない人間に、成長は無いと思っていたけど、違ったんだね。もっとも、成長って、目に見えないのが厄介《やっかい》なところだけど」

「うるさいな」

二人の会話を横で聞いていたリドルが苦笑し、「それはそうと」と友人に訊く。

「トッティのほうは、どうだった？　なにか成果はあったの？」

昨日道で会った時は、これからエセックスにある「幽霊屋敷」に古美術品の掘り出し物を探しに行くと言っていた。リドルなどは、お宝が埋まっているとわかっていても、「幽霊屋敷」などに行きたいとは思わないが、トットナムウッドは違うのだ。

「うん。あったといえば、あったよ」

うなずいたトットナムウッドが、逆に問いかける。

「さて、ここで問題。――僕は、『幽霊屋敷』でなにを見つけたと思う？」

「さあ」

バーナードと視線をかわしたリドルが、ほとんど考えずに降参する。

「わからないけど、なにを見つけたんだい？」

「幽霊だよ」

「――幽霊？」

びっくりして繰り返したリドルが、疑わしげに確認する。

「トッティ。『幽霊屋敷』で幽霊を見たの？」

「見たんじゃない。見つけたんだ。それでもって、持って帰ってきた」

「——持って帰ってきた？」

さらに驚いたリドルが、身を乗り出して尋ねる。

「持って帰って来たって、幽霊を？」

「うん」

「どうやって？」

「布に包んで……かな」

「幽霊って、包めるの？」

「包めたよ」

そこまで答えたところで、トットナムウッドが「と言っても」と真相を暴露《ばくろ》する。

「正確には、幽霊になりそこなったものだけど」

だが、そう言われてもピンと来ず、胡散臭《うさんくさ》そうに顔を見合わせるリドルとバーナードに対し、彼はさらに詳しい事情を説明した。

「見つけたのは、地下の隠し部屋にあったミイラなんだ」

「ミイラ——」

繰り返したリドルが、念の為《ため》、確認する。

「『幽霊屋敷』の地下の隠し部屋に、ミイラがいたの？」

「いた。おそらく、あの家で、かつて行方《ゆくえ》不明になったと言われている当主のミイラだろう」

「その家、当主が行方不明になっているんだ?」

「ああ」

「それが、地下の隠し部屋から出てきた」

繰り返したリドルが、先ほどから気になっていたことを尋ねる。

「――でも、その隠し部屋っていうのは、そもそもなに?」

「隠し部屋は隠し部屋だよ。地下室に続くドアが、書斎の本棚で隠されていたんだ。それで、今まで誰も気づかなかった。おそらく、あの屋敷を建てた人間が作ったんだろう」

「ふうん」

紅茶色の髪を揺らして納得したリドルの前で、トットナムウッドが胸を叩いて続ける。

「とにかく、そのことも含め、これから、あの家の歴史を詳しく調べるつもりだけど、まず、ミイラっていうのが、どれくらい価値があるものなのか。それが一番重要だな」

5

その頃。

海を越えたパリでは、ノートルダム大聖堂近くの酒場で、一人の男が店主を相手に話をしていた。

「――それなら、ディアボロ・ヴァントラスという名前に、覚えはありませんか?」

「ディアボロ・ヴァントラス?」

他の客に酒を注ぎながら、店主が答える。

「そいつかどうかはわからないが、昔、この近くに『ヴァントラス』という名前の神父がいたのは、覚えているよ」

「……神父？」

繰り返した男が、訊き返す。

「いつ頃のことですか？」

「かれこれ二十年以上前か。こう言っちゃなんだが、相当生臭《なまぐさ》な神父でね。噂《うわさ》では神に仕《つか》える身でありながら、黒魔術に手を染めた咎《とが》で破門になったとかって」

「……黒魔術」

つぶやいた男が、フードの下で漆黒の瞳を翳《かげ》らせながら考え込む。

しばらくして、再び店主に尋ねた。

「それで、その後、そのヴァントラスという神父は？」

「さあ。知らないね。ただ、いなくなる前に、どこかの修道女を孕《はら》ませたとかっていうようなことは聞いたことがある。しかも、それは黒ミサによって誕生した悪魔の子なんだとか。まあ、確かな情報ではないがね。なにせ、俺がまだガキの頃のことだ」

「そうですか」

ワイングラスを動かしながら再び考えに沈《しず》み込《こ》んだ男に対し、近くで飲んでいた酔っ払いの一人が声をかけてきた。

「なあ、兄さんよ。俺に一杯、奢らないか?」

チラッとそちらに視線を流したマント姿の男が、店主に目で合図して、酔客《すいきゃく》のグラスに酒を注がせる。

すると、嬉しそうに中身を舐《な》めた酔っ払いが、「俺の知り合いに」と話し始めた。

「女房と死に別れて以来、死んだ女房にまた会いたいっていうんで、昨今流行の『交霊会』にはまった奴《ヤツ》がいて、そいつが言うには、この近くの売春宿に、死んだ人間の霊と話せる霊媒師《れいばいし》の女がいたそうだ」

「霊媒師……」

それが、ヴァントラスとどう繋《つな》がるのか。

わからないまま、男はヒマに飽《あ》かせて酔っ払いの話に耳を傾ける。

「そいつは、何度もその女のところに通って、死んだ女房と話したそうだが、そんなことをしているうちに、ある日、その霊媒師の女とやっている最中にぽっくり逝《い》っちまってね。俺たちの間じゃ、霊媒師に降りていた女房の霊に連れてかれちまったんだろうって話になったもんさ」

男が、興味を引かれて問う。

「その霊媒師に、命を取られたということですか?」

「あくまでも、俺たちの間でそういう話になったってだけのことだ。——ただ、その霊媒師には、そんな怪しい話が他にもあって、例えば、死んだばかりの父親が買ったという当たりクジの在《あ》り処《か》を聞き出した男は、それを握りしめて交換所に行った帰りに、暴走した馬車に轢《ひ》かれて死んじまったとか、死んだ恋人の霊と話した女は、翌日、首をつって自殺したとか」

「……なるほど」

うなずいたマント姿の男が、「それで」と一応話の向きを変えてみる。

「その霊媒師とディアボロ・ヴァントラスは、なにか関係があるんでしょうか？」

「ああ。そうそう」

やはり忘れていたらしい酔っ払いが、「その女の霊媒師のところに」と続けた。

「ある日、一人の身なりのいい男がやってきて、彼女を売春宿から買い上げてどこかに連れ去ったんだ。その男の名前が、たしか『ヴァントラス男爵』とかいう名前だったはずだ」

「つまり、ディアボロ・ヴァントラスが、その霊媒師の女性を連れ去ったんですか？」

「さあ。その男が、本当にあんたの知り合いかどうかはわからないが、その霊媒師の運命なら知っているよ」

酔っ払いが、そこで言葉を切り、物欲しげに空《から》のグラスを見やったので、マント姿の男は、店主に言って、さらにグラスに酒を注がせた。

酔っ払いが、嬉々として言う。

「あんた、良い奴だな」

「褒《ほ》めなくていいですから、その霊媒師がどうなったか、教えてくれませんか？」

グラスから酒を一口飲んだ酔っ払いが、答える。

「ちょっと前に捨ててあった新聞で見たんだが、その女、今じゃ、マダムなんとか、……なんだったかな、『エゲノ』じゃない、『エグノ』でもないな、『エ』なんとか『リーノ』……忘れちまったが、『マダム・なんとか』って有名な霊媒師になって、パリの社交界で引っ張りだこになっていた」

すると、話を小耳にはさんだらしい店主が、グラスを拭《ふ》きながら言った。

「『マダム・エウゲリーノ』だろう」

マント姿の男が、店主に視線を戻して確認する。

「『マダム・エウゲリーノ』?」

「ああ。たしか、そんな名前の有名な霊媒師がいるはずだ」

話を聞き終えたマント姿の男は、頃合いを見計らって、店を出た。

すでにあたりは暗くなりかけていて、宵闇《よいやみ》の生暖かい風が狭《せま》い路地を吹き抜けて行く。

歩き始めてすぐ、男は、顔を向けずに感覚だけで背後を探った。なにかが、彼のあとをついて来る気配がしている。

しかも、尋常《じんじょう》ならざる気配である。

とはいえ、それは今に始まったことではなく、酒場で話している時から、背中に似たような気配は感じていたのだ。ただ、ここまで歴然とはしていなかっただけで――。

マント姿の男は、宵闇の中を流れるように歩いていく。

やがて、セーヌ河畔《かはん》の大通りに出たところで、細い階段を駆け下りて、水面に近い河岸に降り立った。

今や、彼を追う気配は、その数を増している。

一人、二人……。

あるいは、一匹、二匹。

それらをどう数えていいかはわからないが、追ってくるのがこの世のものではないのだけは、わかった。

と、最初の一体が、彼の前方に姿を現した。

橋梁下の暗がり。

そこに、闇が凝ったようななにかが、いた。

マント姿の男は、足を止めて宙に星形の図を描くと、小声で小さくつぶやいた。

「シラス　エタル　ベサナル……」

だが、その時、背後でカタッと小さな音がしたため、彼の気が一瞬逸れた。

その瞬間を逃《のが》さず、橋梁下の暗がりから、影のようなものが彼に向かって飛びかかってきた。

ハッとした男が、間一髪で避けた際、マントがずれて、彼の顔が顕わになる。

リドルの執事であるメルヴィだ。

緊迫した状況の中、メルヴィが、傾《かし》いだ体勢を立て直す間もなく、別の方角に潜《ひそ》んでいたものが背後から襲いかかり、彼を地面に引き倒す。

メルヴィの身体と影のようなものが渾然一体《こんぜんいったい》となって地面の上を転がり、やがて、セーヌ河岸におぞましい断末魔の叫び声が響きわたった。

6

同じ夜。

バーナードと別れてケンジントン地区にある自宅に戻ったリドルは、玄関を入っても誰も迎えに出てこないことに、違和感を覚えた。

「メルヴィ、ただいま」

言いながら階段をのぼるが、どこからも返事がない。

返事がないだけでなく、家の中は、不気味なほどひっそりと静まり返っている。

この時間、通いの料理人と下働きの男は不在のため、家にはリドルとメルヴィしかいない。だから、ひっそりしていても無理からぬことではあったが、そうかといって、ここまで静かというのは、どういうことなのか。

たしかに、最近のメルヴィは、メルヴィらしからぬことばかりであったが、それでも、執事として最低限の仕事は粛々《しゅくしゅく》とこなしていた。

それを思うと、主人の帰還《きかん》に際し、出迎えがないというのはおかしいし、何度呼んでも返事がないなんてことは、まずあり得なかった。

だが、実際に返事はなく、気配すらない。

「メルヴィ？　いないの？」

不安になりながら応接間に入ったリドルは、そこに、思わぬ人物がいたことに驚く。

「――君？」

応接間には、一人の女性がいた。

顔に落ちかかる髪は見事な蜂蜜色で、雪のように白い小ぶりな顔をやわらかく縁取《ふちど》り、紫がかった瞳が神秘的な輝きを放っている。

凄《すさ》まじいほどの美人だ。

「……君は、たしか、レディ・テンプルトン？」

リドルは、午前中に聞いたばかりの名前を思い出して、話しかけた。

すると、真っ青な顔をしたレディ・テンプルトンが、わなわなと震えながら、唐突に主張する。

「私じゃないから――」

「え？」

意味がわからずに訊き返したリドルが、その真意を問う。

「君じゃないって、なにが？」

だが、彼女は怯《おび》えたような目でリドルを見返し、同じことを繰り返す。

「本当に、私じゃないから！」

それから、「何もしていないのに、急に倒れたのよ！」と叫ぶなり、応接間を飛び出していった。

「あ、待って――」

リドルは彼女を追おうとしたが、彼女が去ったあとの床の上に、見慣れた格好の男が倒れているのを見て、すべての動きを止めた。

息も、止まったほどである。

「メルヴィ――？」

そこに、動かないメルヴィがいる。

見ているものが信じられず、リドルは、恐る恐るその名を呼びながら近づいていった。

「メルヴィ、メルヴィ」

だが、いくら呼んでも執事は起きあがることなく、ただ、魂が抜けた物体のように、その場に転がっている。

それから連想できることと言えば――。

死。

そのあまりの恐ろしさに、途中から一歩も動けなくなったリドルは、迫《せま》りくる絶望感に対して、全身全霊で叫んでいた。

「メルヴィ――ッ!!」

第四章　黒魔術の都

1

それは、ずっとそこにいた。
そこにいて、無邪気にはしゃぎまわる子どもたちの姿をずっと見ていた。
ベッドの下の暗がりから。
あるいは、壁にできたわずかな裂け目から――。
来る日も、来る日も。
飽《あ》くことなく。

子どもたちのほうも、それの存在に気づいていた。
冬の寒い午後、暖炉《だんろ》の前で人形遊びをする彼女たちが、ふと囁き合う声がする。

——ねえ、だれかが、見てない？

——だれかって、だれ？

——わかんないけど、いっつもだれかが見ている気がするの。

その瞬間、それは喜びに打ち震え、子どもたちのひそひそ話に耳を傾ける。

——わたしも、感じることがある。それに、昨日の夜、天井《てんじょう》で変な音がしたでしょう？

——した！

——わたしは、気づかなかったけど。

——やっぱり、いるのよ。

——いるって、なにが？

——決まっているでしょう。アレよ。

——アレ？

——そう。なんといっても、この家は……。

次女が末っ子にこの家にまつわる噂《うわさ》話《ばなし》を披露《ひろう》しようとしたところで、人形の服のほころびを繕《つくろ》っていた長女が、「いいかげんに止《や》めなさい、ミーナ」とたしなめた。

——そんな話をして、この子が、夜、怖がって眠れなくなったらどうするの。お母様に怒られるわよ？

——あら。怖くて眠れなくなるのは、お姉さまでしょう。


次女は、そう言っておかしそうに笑う。

生真面目《きまじめ》でしっかりものの長女は、その実《じつ》、心がもろく、自分をさらってくれるような強引で逞《たくま》しい男性が現れるのを待ち望んでいるような乙女《おとめ》であった。

それに対し、二人の姉妹の間に立ってどっちつかずの存在である次女は、控《ひか》えめな態度の裏に、日頃から強い自己顕示欲《じこけんじよく》を隠し持っていて、いつか自分がすべてを支配しようと密《ひそ》かに企《たくら》んでいるような野心家であった。

そんな二人の姉と両親に甘やかされて育った末っ子は、天真爛漫《てんしんらんまん》で向こう見ず、好奇心に任せ、あとさきのことなど考えずになんでもやってしまうような大胆《だいたん》なところがあった。

（——もし、自分を解放してくれる人間がいるとしたら、間違いなくこの末娘だろう）

それは、ずっとそう思っていた。


やがて、ついに、その日がやってきた。

末娘が、いくつもの難関を乗り越え、彼のいる場所へと辿《たど》り着《つ》いたのだ。

だが——。

彼女は、最後の最後で間違えた。

その結果、両親に続いて一番上の姉が死に、二番目の姉は姿を消した。

そして、現在。

末娘は、夜道を走りながら呟いていた。

「私は悪くない。私は悪くない。私は悪く……」

2

ケンジントン地区にあるモルダー邸の床に倒れ込んだまま、ピクリとも動かないメルヴィ――。

そのかたわらに立ち尽くし、蒼白な顔で見おろしているリドルの頭からは、つい先ほど、「レディ・テンプルトン」という名の、自称「霊能者」の女性が飛び出していったことなどすっかり消し飛んでいた。

宝石のような輝きを放つ琥珀色の瞳は、恐怖を宿して暗く翳《かげ》り、揺らめく紅茶色の髪は、身体の震えとともに小刻みに振動する。

いったい、どうすればいいのか。

彼にできることは、なんなのか。

医者を呼ぶにしても、これまで身の回りのことはすべてメルヴィがやってくれていたため、連絡先すらわからない。

だが、このままでは、本当にメルヴィが死んでしまうかもしれない。

いや、もう死んでいるのか。

リドルには、判断できない。

ようやくそろそろと動き出し、倒れているメルヴィのかたわらに跪《ひざまず》いた彼は、そっとその首筋に手を伸ばした。

冷たい。

生命の脈動を感じさせない無機質な冷たさが、硬質な肌を覆《おお》っている。

(――死?)

本当に、死んでしまったのか。

まだ、希望は残されているのか。

なにができるかわからないが、リドルは、なにかしなければならないと思いながら、メルヴィの首筋から離した手をギュッと握り込んだ。

今、彼にできること。

それは――。

立ちあがったリドルは、踵《きびす》を返し、夜の街路へと飛び出して行った。

3

一方。

メイフェアからほど近い高級住宅地ベルグレイヴィアの豪奢《ごうしゃ》なテラスハウスで就寝前の読書を楽しんでいたウーリーは、誰かに呼ばれたような気がしてふと顔をあげ、窓のほうを見た。

月明かりがあたりに影を落とす静かな夜。

夜行性の鳥が鳴く以外、特に目立った音はしない。

(気のせいか……)

すべてを見通すようなアイスブルーの瞳を細めて気配を探った彼は、ほどなくして読んでいた本に視線を戻した。その本は、月世界旅行について、幻想物語《ファンタジー》ではなく近未来小説として描《えが》いたなかなかの傑作で、この手のものを読むにつけ、ウーリーはしみじみと思う。

(詩人や作家の想像力というのは、時に、予言者のごとく時を飛翔する……)

その時、すでに就寝の挨拶《あいさつ》を終えて退出していたお側付き使用人《ヴァレット》がやってきて、報告した。

「お休みのところを失礼します、ご主人様」

「構わないが、こんな時間にどうした?」

「それが、玄関に辻《つじ》馬車の馭者《ぎょしゃ》が来ておりまして、どうしてもご主人様に御目通り願いたいと言って、一歩も引かないのでございます」

「辻馬車の馭者？」

訝《いぶか》しげに繰り返したウーリーが、軽く首をかしげて問う。

「そんな者、呼んだ覚えはないが、なんのつもりで私に面会などと言っているって？」

「私もその点を問い質《ただ》したのでございますが、直接お耳に入れたい話があるということで、それ以上の説明はいたしませんでした」

「それはまた、随分《ずいぶん》強気なことだな」

「はい。道理の通らない者かと。──それで、一旦《いったん》は、私のほうで追い払おうとしたのですが、その時、一言だけ話しましたのが、『自分は、リドル・アンブローズ・モルダー卿《きょう》の使いでここに来た』ということでしたので、いちおうご報告だけはと思いまして」

「リドルの使いだって？」

意外そうにアイスブルーの瞳を見開いたウーリーが、「なるほどねえ」とつぶやき、ひとまずベッドをおりる。

「仕方ない。念の為《ため》、会うだけは会おう」

その肩に、お側付き使用人が、すかさず絹のガウンを着せ掛けた。

ウーリーが階下におりて行くと、豪奢なだだっ広い玄関広間の真ん中に、大柄で赤ら顔をした男が、縮《ちぢ》こまり、いかにも所在無げな様子で立っていた。ズボンの裾《すそ》などが泥《どろ》で汚《よご》れた様子は、いかにも辻馬車の馭者らしい。

馭者は、階段をおりてくるウーリーの姿に気づくと、これまで以上に緊張し、手にした帽子を弄繰《いじく》り回《まわ》しながら言った。

「ウーリー卿でございましょうか?」

「ああ」

「よかった。あっしはこのあたりを根城《ねじろ》にしている辻馬車の馭者ですが、今夜、あるお方をお送りした帰り道、そろそろねぐらに帰ろうと道を急いでおりやしたら、ふいに、飛び出してきた御仁《ごじん》がいらっしゃいやして」

　馭者は、身振り手振りを交えて話す。

「それがまあ、身なりも高貴そうな上、暗がりで見てもわかるくらいの美青年でして、しかも、この世の者にあるまじき変わった色の髪の色をしているもんですから、一瞬、魑魅魍魎《ちみもうりょう》の類《たぐい》かと思いやしたくらいでさ」

　そこで、ウーリーが小さく笑う。

「この世の者にあるまじき――ね」

　それから、相手に向かって問いかける。

「で、それは、どんな色の髪のことを言っている?」

「そりゃもう、月明かりに照らされて、まさに紅茶のように揺らめき輝く紅茶色の髪ですよ。本当に紅茶なんじゃないかっていうくらいの透明感があって」

　ウーリーがゆっくりとうなずいた。

　今の発言から判断するに、どうやら、この馭者がリドルの使いというのは間違いなさそうである。

「それなら、その美青年が、どうしたって？」

「それが、きれいはきれいなんですが、いったい家でなにがあったのか、それこそ、魑魅魍魎の類でも出たのではないかというくらいの取り乱しようで、とにかく、あっしの手に大金をつかませて、『今すぐ、ベルグレイヴィアのエリオット・ウーリー・ブランズウィックを呼んできてくれ』と繰り返すばかりでしてね。――あ、いや、それだけじゃなく、『もし、彼のところに辿《たど》り着《つ》けたら、彼がこれと同じだけの金をくれるから』とも言っておりやした」

「なるほど」

納得したウーリーの決断は、一瞬だ。

背後に控《ひか》えているお側付き使用人に向かって、彼はすぐさま指示を出す。

「エミール、この男に、望むだけの金をやってくれないか」

「――本当に、よろしいので？」

「ああ。それから、私は、急ぎ着替えてケンジントンのモルダー邸《てい》に向かうので、馬車の用意をしておいてくれ」

「かしこまりました。ご主人様」

4

ウーリーが足を踏み入れた時、モルダー邸はしんと静まり返っていた。

深夜のこの時間帯であれば、それもわからなくないが、その割に照明はついたままで、邸内は明るい。そのことが、逆に死者の都のような静けさに包まれたこの場を、妙に寒々しいものにしていた。

それになにより、呼び鈴に対し、執事の鑑《かがみ》ともいえるメルヴィが姿を現さないという事実が、常《つね》らしからぬ事態を指し示している。

ここにいたって、物に動じないウーリーの声も自然と厳《きび》しさを増す。

「リドル！」

呼びながら、彼は勝手を知った足取りで邸内に踏み込んでいく。

「リドル、どこにいる？　返事をしろ！」

だが、呼びかけに答える声はなく、ウーリーは階段を駆け上がって、まずは応接間に入った。

と——。

必死になって捜すまでもなく、そこにリドルがいた。

床に座り込んで放心している。

いったい、なにがあったというのか。

見たところ、夜盗の類に襲われたという感じもしない。

ウーリーは、近づきながら落ち着きのある力強い声で呼びかける。

「リドル」

すると、放心したままゆっくりと振り返ったリドルが、ウーリーの姿を見るなり、「——エル」と震える声で訴《うった》えた。

「……どうしよう、エル」

「どうしようって、なにが？」

リドルに近づき、華奢《きゃしゃ》な肩に手を置いたウーリーは、友人の小ぶりで整った顔を覗き込むようにして続ける。

「使いの者の話では、随分と取り乱していたそうだが、いったいなにがあったんだ。だいいち、こんな状態の君をほったらかしにして、メルヴィはなにをしている？——部屋で寝ているのか？」

寝ているにしたって、この騒ぎに気づかないでいられるほど鈍感ではないだろう。あるいは、なにか急用があって、出かけているのか。

（でなければ）

そこで、ふと苦々しげな笑みを浮かべたウーリーが、推測する。

（一種の、手抜きか——）

それに対し、感情を失ったような虚《うつ》ろな瞳でウーリーを見つめながら、リドルがスッと背後を指さす。

「メルヴィなら、そこに——」

「そこ？」

それほど近くにいるとは思わなかったウーリーが、あちこち視線をさまよわせた末に、ようやく床に倒れ込んでいる執事の姿を見出《みいだ》した。

「——」

さすがに驚いたウーリーは、足早に近づきながらリドルに尋ねる。

「なにがあった?」

「それが、ぜんぜんわからないんだ。僕が、今夜、帰ってきた時には、もうその状態になっていて、触ったら冷たいし、どう見ても死んでいるとしか思えないけど、でも、そんなこと絶対に信じられないし、信じたくもないから、ひとまずエルを呼んだんだけど……」

そこで、一度メルヴィの姿に視線を据《す》え、痛ましげな表情を浮かべたリドルが、ウーリーの神々しい姿に視線を戻し、恐る恐る確認する。

「メルヴィ、死んでいると思う?」

なにせ、濡れ羽色の髪が落ちかかる顔は血の気がなく、まるで蠟人形《ろうにんぎょう》のように生気がない。

だが、思いの外《ほか》冷静なウーリーが、メルヴィの顔を動かしてとっくりと眺め、手を放したあとで、「ふむ」となんとも言い難そうに肩をすくめた。

「生きているのか、死んでいるのか……」

「つまり、エルにも、判断できないってこと?」

「ここからでは、ね」

奇妙な台詞《セリフ》を口にしたウーリーが、なにを考えているのか、「悪いが、リドル」と腕をつかんで歩き出した。

「君に、やってほしいことがある」

「え?」

リドルは、一緒に歩き出しながら、遠ざかっていくメルヴィの存在に後ろ髪を引かれる思いで尋ねた。

「やってほしいって、エル、メルヴィのことは――」

「もちろん、彼の生死に関する頼み事だ」

「そうなの？」

「ああ」

だが、それならなおさら、なぜ、肝心《かんじん》のメルヴィから遠ざかってしまうのか。

わからないでいるリドルが連れて行かれたのは、モルダー邸の地下にある食品貯蔵庫《ちょぞうこ》で、その奥にはワインの貯蔵室が設《もう》けられている。

この家の方針で、下働きの者たちの手間を減らすため、食品貯蔵庫には鍵《かぎ》がかかっておらず、だれでも自由に出入りすることが許されているが、奥にあるワインの貯蔵室のほうは常に施錠《せじょう》されていて、出入りできるのはメルヴィだけとなっていた。

もちろん、主人であるリドルは、自分が行きたいと思えば、いつでも鍵を開けさせて中に入ることはできたが、いまだかつて、リドルがその権利を行使したことはない。

帳簿と在庫が合うか、いちいちチェックするのは面倒だったし、なにより、ワインの貯蔵室に足を踏み入れることは、なんとなくメルヴィの領域を土足で蹂躙《じゅうりん》するような冒瀆感《ぼうとくかん》があって嫌だからだ。

ところが、食品貯蔵庫に入ったウーリーは、リドルの手を放すなり、壁にかけてあった斧《おの》を手に取って、一瞬の躊躇《ちゅうちょ》もなく鍵の上に振り下ろした。さして頑丈《がんじょう》に作られてはいない南京錠《なんきんじょう》は、その一撃で、簡単に弾《はじ》け飛《と》ぶ。

驚いたリドルが、「エル！」と叫んで真意を質す。

「いったい、なにをしているわけ？　肝心《かんじん》のメルヴィのことはほったらかしにして、その間に彼の領域を侵《おか》すなんて、悪いけど、そんな暴挙《ぼうきょ》、僕が許さな――」

だが、最後まで言う前に、再びリドルの腕を取ったウーリーが、ずかずかとワインの貯蔵室に足を踏み入れ、あたりをきょろきょろと見まわした。

そこは、ウーリーなどにしてみれば、うさぎ小屋に匹敵するほど小さな部屋であり、窓のない壁一杯に作られた棚には、大量のワインが寝かせられている。

そこまでは、間違いなくワインの貯蔵室らしい光景なのだが、それ以外が少しおかしい。

まず、丸い絨毯《じゅうたん》の敷かれた部屋の中央は妙にガランとしていて、絨毯の奥に置かれた横長のテーブルには、ワインとは関係なさそうな、ランプや杯《カップ》、蠟燭《ろうそく》、ナイフ、貨幣《コイン》、果ては魔術の儀式にでも使いそうな細い杖《つえ》などが並んでいる。

さらに、壁の一部に作られたフックには、まさに魔法使いが着ていそうなフードつきの黒いマントが掛けられていた。

（……ここは？）

ウーリーに引きずられるように室内に足を踏み入れたリドルであったが、今や罪悪感のことなどすっかり忘れて、興味深くあたりを見まわす。

不思議な空間だ。

いかがわしい感じのものが多い割に、すべてが整然としていて静謐《せいひつ》な空気が流れている。しかも、小物のひとつひとつに霊気が籠《こ》もっている感じが、まるで神殿の最奥部《さいおうぶ》にある神域を思わせた。

それが、ふだん、メルヴィが醸《かも》し出《だ》すどこか神秘的な雰囲気と合致していて、ここが彼の作り出した空間であることをよく示している。

そのためであろうか、リドルは、ここに来てようやく落ち着きを取り戻しつつあった。

一方のウーリーはといえば、なにかを探すようにざっと室内を見まわしたあと、壁にかかっていた黒いマントを取ってリドルに投げ渡し、自分は床の上の絨毯に手をかけると、バサッとその絨毯を取り除く。

絨毯がなくなると、その場に、床の上に描かれた魔法円のようなものが現れる。

「え。これって……」

マントを手にしたリドルが驚いて確認しようとしたが、ウーリーは、黙殺した。結論の見えている会話をするのが面倒なのだろう。

代わりに、横長のテーブルの上にあった四本の蠟燭に火を灯して魔法円の円周上に置くと、どうしていいかわからずに佇《たたず》んでいるリドルの手からマントを取り返して彼に着せ掛け、諭《さと》すように告げた。

「いいか、リドル。僕が魔法円の中に入ったら、この指輪を持って、こう言うんだ」

言いながら自分の手にはまっていた指輪を外し、それをリドルの手に握らせて続ける。

「大天使ウリエルに命ずる。ただちに、偉大なる魔術師のもとへと飛び、その者に天の助力を与えよ。

——シラス　エタル　ベサナル」

「……シラス　エタル　ベサナル？」

「そうだ」

「――って、なに？」

「いいから、繰り返してみろ」

命令するウーリーの前で、リドルが指輪をいじりながら、言われた通り、全体を繰り返そうとする。

だが。

「えっと、大天使ウリエルに命ずる。……え～と」

案の定、一度では覚えきれなかったらしく、首をかしげて上を向く。おそらく、「シラス　エタル　ベサナル」が気になって仕方ないのだろう。

「う～ん、なんだっけ？」

結局、訊《き》き返《かえ》され、小さく息をはいたウーリーが、片手をヒラヒラと振って訂正した。

「わかったから、リドル、細かい言い回しは気にせず、好きなように言えばいい……。要は、メルヴィのことを助けてくれと、大天使に頼めばいいだけだから」

「ああ、そう。そういうことね。先にそう言ってくれたらいいのに。――それならいけるかも」

納得したらしいリドルが、指輪を見つめ、精神を集中する。

メルヴィを助けるためなら、なんだってできると思う。

そのために大天使の助力が必要なら、この際、ウリエルだろうがミカエルだろうが、大天使の連合軍であろうが、この場に呼びつけてやるつもりだった。

するとしばらくして、気だるげなリドルの様子に、わずかな変化が生じた。琥珀色の神気《オーラ》が彼を覆《おお》い、全体的に、どこか厳粛《げんしゅく》な神秘性を帯び始めたのだ。

それを見て、ウーリーはクルリと踵《きびす》を返すと、魔法円の中に踏み入り、円の中央に立つ。その姿は、相も変わらず神々しく威厳に満ちている。

「――準備はいいか、リドル？」

「……たぶん」

伏し目のリドルは心許《こころもと》なさそうに応じたが、指輪を見つめる琥珀色の瞳は、今やまばゆいばかりの輝きを帯び、風もないのに紅茶色の髪がふわりと浮き立った。

ウーリーが、告げる。

「では、大天使への請願《せいがん》を――」

うなずいたリドルが、凜《りん》とした声で宣言した。

「大天使ウリエルに命ずる。愛すべきメルヴィを、僕のもとへ返し給《たま》え！　彼が、今も、この先も、ずっとずっと僕のそばにいてくれますように！　――シラス　エタル　ベサナル！」

とたん。

ピカッと。

目の前が真っ白に染まり、それと同時に魔法円から爆風のようなエネルギー波が広がったため、衝撃で吹き飛ばされたリドルは、壁にぶつかり気を失った。

5

パリの街を分断して流れるセーヌ川。

夜ともなれば、夜盗が蠢《うごめ》く以外はひっそりと静まり返る河岸《かがん》の闇《やみ》に、今宵《こよい》、たびたび閃光《せんこう》が走り抜けた。

それを傍《はた》で見る者がいたら、気づかぬ間に、空から稲妻《いなずま》が落ちて来たかと勘違いするくらい、まばゆい光が地面の上を駆け巡《めぐ》る。同時に、獣《けもの》じみた恐ろしい咆哮《ほうこう》が、あちこちから聞こえてくる。

そんな中。

ザッと音を立てて立ちどまった一人の男が、闇の向こうの気配を探って暗がりで首を回《めぐ》らせた。

黒いマントが、夜風にひるがえる。

月明かりに照らされて浮かびあがったのは、信じられないことに、これより少し前、ロンドンのモルダー邸で倒れ、リドルたちに生死を心配されていたメルヴィその人であった。

闇に溶け込む濡れ羽色の髪。

叡智《えいち》を湛《たた》えた漆黒の瞳。

緊迫《きんぱく》した状況下にあっても、どこか飄々《ひょうひょう》として見えるすらりと美しい立ち姿。

一人の人物が同時に二ヵ所に存在する理由は謎《なぞ》であるが、実のところ、ここしばらくパリにいた彼は、現在、イギリスに滞在中の妖しげなフランス人「ディアボロ・ヴァントラス男爵」という人物のことを訊いて回っているうちに、何者かの襲撃を受けたのだ。

今宵、これまでにどれだけの敵を倒したか。

しかも、夜の闇に乗じて襲いかかって来たのは、明らかに人ではない、人外魔境の存在だった。俗に「魑魅魍魎」と呼ばれる類である。

正体を突き止めたわけではなかったが、倒した時の様子からして、何者かが、使い魔として魔界や地獄《じごく》から呼び起こした妖魔と考えるのが妥当《だとう》だろう。

折しも、パリでは黒魔術による戦いが盛んで、召喚《しょうかん》の術を駆使して使い魔を呼び出しては、倒したい相手にけしかけるのが流行となっている。

だが、それにしてもだ。

襲撃者が、多過ぎる。

(……まったく。いつの間に、花の都に、妖魔が跋扈《ばっこ》する魔都と化していたのか)

それでも、今しがたの攻防を最後に、彼に向けて放たれたと思しき敵は、ほぼ制圧したようである。

暗がりに潜《ひそ》む敵の気配を探りながら、メルヴィが、ひとまずホッと肩の力を抜きかけた、その時だ。

カッと。

新たなエネルギーの波動をすぐ近くで感じ、メルヴィは、条件反射で、手の中に溜めこんだエネルギーの塊《かたまり》を闇に向かって放出する。

白い閃光が闇を引き裂き、その場に登場した存在に向かって真っすぐに走っていく。

と――。

閃光が届いたと思った瞬間、それが半球状に拡散し、相手にダメージを与える前に空間に散った。

信じられないことに、バリアを張り、エネルギーを弾き返してきたのだ。

小さく舌打ちしたメルヴィは、すぐさま次の攻撃に入ろうと体勢を整えたが、その前に、バリアの向こうから闇を振るわせて苦笑気味の声が響いた。

「私だ、メルヴィ」

声と同時に目のくらむような光明があたりに広がり、その中から一人の青年が姿を現した。

まばゆいばかりの白金髪。

すべてを見通すようなアイスブルーの瞳。

左右対称の完璧に整った顔は、どこからどう見てもエルズプレイス伯であるエリオット・ウーリー・ブランズウィックであるが、その神々しさはふだんの彼を凌駕《りょうが》する。夜の闇に広がる白金髪の輝きが、その佇まいを一段と崇高《すうこう》なものへと変えていた。

それは、ウーリー卿でありながらウーリー卿ではない、大天使ウリエルが降臨した姿だった。

「——ウリエル様?」

珍しく驚いたように漆黒の瞳を見開いたメルヴィが、その表情のまま尋ねる。

「なぜ、このようなところに。——それに、そのお姿は?」

そこにいるのは、紛《まご》うかたなく、大天使ウリエルその人である。

だが、太古に取り決められた約定《やくじょう》により、天上の存在や魔界のものたちは、基本、人間の介在無しに勝手に地上に降りてはいけないことになっていた。

よって、地上で本来の力を振るうためには、自分を召喚した人間の用命が必要となり、それは大天使ウリエルであっても例外ではない。

そして、十九世紀末という現代において、大天使や魔界の実力者たちを呼び出せるほどの力を有する魔術師は、極めて稀《まれ》となっていた。少なくとも、メルヴィのまわりでは、メルヴィ以外にあり得ない。

もしあり得るとしたら、ただ一つ――。

大天使が、己の正式な印章《サイン》を彫り込んで作った指輪を渡し、何者かに召喚させた時だけである。

ちなみに、正式な印章に対し、彼らの略式記号が刻印された指輪は、世にごまんと出回っている。

それは、指輪と指輪の持ち主に対し、記号が刻印されている天使の加護を与える力があり、以前、ウーリーの又従兄弟《またいとこ》であるバーナード・ブランズウィックがリドルの部屋から持ち出した指輪なども、その一つだった。

だが、それらに比べ、正式な印章を彫り込んで作られた指輪は別格で、その指輪を渡すという行為は、つまるところ、自分の魂を明け渡すことに等しく、相手との間によほどの信頼関係がない限り、まず渡したりしない。

そして、今の世に、大天使ウリエルが己の指輪を預ける相手がいるとしたら、それは、彼の友人であり被保護者でもあるリドルを於《お》いて他にいないはずだった。

その点を、メルヴィが確認する。

「……もしや、リドル様が？」

「ああ」

「でも、なぜ？」

「緊急事態だったからだ」

これ以上ないというほど美しい仏頂面《ぶっちょうづら》で応じた大天使が、嫌味っぽい口調で付け足す。

「なにせ、ロンドンにいるお前の分身が、いきなりぱったり倒れて、死んだように動かなくなってしまったものだからな」

「——動かなくなった？」

意外そうに繰り返したメルヴィが、すぐさま己の服のポケットを探り、そこから小さな人形を取り出した。それは、メルヴィ自身を象《かたど》った精巧《せいこう》な蠟人形であったが、無残にも真ん中あたりでぽっきりと折れてしまっている。

それを見て、「なるほど」と納得したメルヴィが続ける。

「これでは、たしかに動かなくなって然《しか》るべきですね。リドル様は、さぞかし驚かれたことでしょう」

「愚か者《おろかもの》。驚いたくらいで済むものか。私があの家に駆け付けた時には、リドルの奴《ヤツ》、まるで魂が抜け落ちたような顔をしていたぞ」

言いながら整い過ぎた白皙《はくせき》の面《おもて》を歪《ゆが》め、「だから」と苦言を呈《てい》する。

「素直に、私にリドルを預ければよかったのに、小手先の術を弄《ろう》して、精巧な蠟人形を遠隔《えんかく》操作しようとしたりするから、こういうことになる」

「そうですね」

肩をすくめたメルヴィが、「……まあ、おっしゃりたいことはわかりますが」と相手の言い分を受け入れつつ反論する。

「しかし、こちらとしましても、長い年月をかけて磨《みが》き上《あ》げた宝石を、今さらおいそれと他人の手に預ける気にはなりませぬゆえ、これでも、かなり苦渋の選択だったのです」

「だが、その結果、リドルを傷つけたのであれば、元も子もないではないか」

「たしかに、それについてはごもっともでございます」

慇懃《いんぎん》に応じたメルヴィが、「ただ」とどこか無礼にも感じられる態度で続ける。

「リドル様の傷心は、私が力を尽くせば癒《いや》すことは可能ですので、余計な心配はご無用でございます、ウリエル様。それにそもそも、人の心の機微《きび》など、大天使であらせられるウリエル様がいちいち考えるようなことではございませんし。——言うなれば『神のものは神に、人《カエサル》のものは人《カエサル》に』でございます」

「つまり、私に口出しするなと？」

スッと好戦的にアイスブルーの瞳を細めた大天使に対し、メルヴィは、大胆にも、言葉ではなく「穏やかな微笑」という形で応えたあと、「それより」とあっさり話の向きを変えた。

「こうなったからには、ここでの仕事はひとまず切りあげさせていただき、リドル様のもとに戻ったほうがよろしいように思われますが、いかがでございましょう」

「ああ。そのために、私が来たんだ」

認めたウリエルが、「——とはいえ」と詰問《きつもん》口調で尋ねる。

「まさか、手ぶらでの帰還ということはあるまいな?」

「まあ、いちおうそれなりに。——ただ、残念ながら、思ったほど情報は拾えませんでしたが」

「ほお?」

意外そうに片眉《かたまゆ》をあげた大天使は、なにかと小面憎《こづらにく》いメルヴィの告白に対し、その不首尾をあげつらうべきか、それとも、なんだかんだ言っても実力は計り知れないメルヴィをもってしても為しえなかった結果への落胆《らくたん》を示すべきか、判断がつかなかった。

そんな彼を前にして、メルヴィが淡々と続ける。

「どうやら、ヴァントラス男爵は、こちらが思う以上に厄介《やっかい》な相手と見なしたほうがよろしいかと」

すでに明らかなように、メルヴィは、ここしばらく、リドルのそばに分身を置きつつ、ウーリーの用命で、パリにいた頃のディアボロ・ヴァントラスについて調べていたのだが、あちこち聞き込みをしてまわった結果、わかったことといえば、彼が天涯孤独《てんがいこどく》の身である上に、その生《お》い立《た》ちははっきりしないということくらいだった。

「つまり、『男爵』は、詐称《さしょう》ということか」

「はい。——ただ、話を総合すると、財産は、かなりあると考えられます」

「それだって、どうやって作り出したものかは、わからないわけだろう」

「まさに、そこです」

指をあげたメルヴィが、漆黒の瞳に叡智の色を湛えて言う。

「ヴァントラス男爵についての情報が極端に少ないのは、関係者が死亡している場合が多いせいですが、一つだけ――」

そこで一旦言葉を切ったメルヴィは、今日の夕刻、酒場で耳にした話をする。

それによれば、今から二十年以上前、このあたりに「ヴァントラス」という名の神父がいて、ことあろうに、キリストを罵倒《ばとう》して憚《はばか》らない黒魔術に手を染めていたと言う。その神父が破門され、この地を去る時に、黒魔術の儀式中に修道女を孕《はら》ませたという噂が、まことしやかに囁かれたというのだ。

「それから考えますに」

メルヴィが、彼なりの推測を付け足す。

「ディアボロ・ヴァントラス男爵は、もしかしたら、その名の通り『悪魔《ディアボロ》』、つまり黒魔術の儀式によって誕生した、正真正銘《しょうしんしょうめい》の悪魔ではないかと――」

とたん、ウリエルのアイスブルーの瞳が鋭い光を放つ。

「まさか、魔界のものが、人間の女を通じて地上に生を受けたと言う気か？」

「はい。そのように考えますと、ウリエル様が、以前、ヴァントラス男爵のいる場所で魔界の気配を感じられたことにも説明がつきますし、私を襲ったものが、魔界に属する存在であったことも頷けます。――なんといっても、あれほどの妖魔を難なく使いこなせる人間が、私以外にいるとは思えませんので」

すると、それまで、メルヴィの言葉を吟味《ぎんみ》するように瞳を伏せていたウリエルが、つとその目をあげ、面白《おもしろ》そうにメルヴィを見やった。

「つまり、お前は、今宵、妖魔の襲撃を受けたのだな？」

「おそらく」

「ならば、そいつらを眷属《けんぞく》とするものこそが、ヴァントラスの正体ということになるな」

言うなり、大天使ウリエルは右手を一振りして、なにも無い宙から丸いガラス玉のようなものを取り出した。それを、指先に挟《はさ》んで腕を伸ばし、あたかもレンズを通して物を見るように暗がりを検分する。おそらく、その丸いガラス玉は、天界に存在する小道具の一つなのだろう。

すると、ガラス玉の中に、ところどころ、拡散したエネルギーの残骸《ざんがい》のようなものが黒い霧《きり》となって漂《ただよ》っているのが浮かびあがってきた。それはまるで、宇宙を漂うガスのようであったが、あまりに希薄過ぎて、すでに原形をとどめていない。

それを見たウリエルが、つまらなそうに言う。

「ふん。相変わらず見事な腕だな、メルヴィ。――いや、この場合、『名高き大魔法使いマーリン』と言うべきか。おかげで、残骸からは、何も得るところがない」

半《なか》ば嫌味とも取れる褒《ほ》め言葉に対し、メルヴィが慇懃に頭をさげて申し開きをした。

「それは、大変失礼いたしました。なにぶんにも、多勢に無勢で、力の加減が少々困難でありましたものですから」

「まあ、仕方ない」

諦めたようにガラス玉を握り込んでその手から消し去ったウリエルが、すべてに興味を逸《いっ》した様子でサッと身を翻《ひるがえ》し、居丈高《いたけだか》に命ずる。

「では戻るぞ、メルヴィ。リドルが待っている」

「御意《ぎょい》」

6

リドルが自分たちの帰りを待ちわびていると予想していたウーリーとメルヴィであったが、残念ながら、リドルは待っていなかった。――正確には、とてもではないが、待っていられるような状態にはなかったと言っていい。というのも、二人がモルダー邸に戻ってきた時、リドルは魔法円のかたわらに倒れて、気を失っていたからだ。

いったい何があったのか。

駆け寄ったメルヴィが主人の生死を確認し、ただ気絶しているだけだと知って、安堵しながら大天使を振り返る。

「ウリエ――いえ、エルズプレイス伯。これは、どうしたことです？」

魔法円を出たところで、人間であるエリオット・ウーリー・ブランズウィックの姿へと転じた相手に合わせ、その呼び方を変えて問いかけた。

「なぜ、リドル様がこのようなことに？」

「さてね」

肩をすくめたウーリーが、リドルのかたわらに跪《ひざまず》きながら続ける。

「はっきりしたことはわかりかねるが、もしかしたら、大天使ウリエルがエネルギーを解放した際、その衝撃波をまともに受けてしまったのかもしれない」

とたん、メルヴィが、眉をひそめて訊き返す。

「まさか、魔術の心得の無い人間に、大天使を召還させておきながら、事前にそのことを警告なさらなかったのですか?」

「してない」

リドルがしっかりと握りしめている指輪をそっと引き抜きながら、ウーリーが「そんなこと」と続ける。

「お前がいつも平然としているので、考えもしなかったよ」

メルヴィが、溜息をついて応じる。

「ですから、いつも申し上げております通り、私を、他の人間と同じに考えないでください。他の者たちとは、どうあっても生きている年数が違いますし、経験も豊富です。故《ゆえ》に、私を基準にものごとを考えるのは、とても危険なことです。——今の場合にしても、大天使の放つ強大なエネルギーであれば、それ自体に危険はないものの、こうして吹っ飛ばされた挙げ句、打ち所が悪くて死ぬことだってあり得るんですよ?」

リドルの身体の下に腕をまわし抱きあげながら話すメルヴィをしらっとした目で眺めやり、ウーリーは賛同しかねるように言い返した。

「そう言う意味では、リドルだって特別だろう」

「『特別』の種類が違います」

ぴしゃりと言い放った執事の態度には、いつもと違い、慇懃さが少々欠けている。

「ふん」

ウーリーが、嫌味たらしく言う。

「──過保護だな」

「リドル様の場合、過保護なくらいがちょうどいいんです。周囲で、なにかと面倒事が起きやすいお方ですから。それに、率直に申し上げて、ウーリー卿におかれましては、この場から立ち去っていただいても、一向に構わないのですよ。──リドル様には、私がついておりますゆえ」

言い捨てて歩き出そうとしたメルヴィに対し、腕を伸ばして引き止めたウーリーが、命令口調で告げた。

「それなら、リドルは私が運ぶので、お前は、とっとと居間に行って、あの場に転がっている『もう一人のお前』をどうにかしろ。あんなものがあった暁《あかつき》には、目覚めた時、リドルが余計に混乱する」

その一瞬、メルヴィの漆黒の瞳とウーリーのアイスブルーの瞳が、リドルの上でもの言いたげに交《こう》錯《さく》した。

ややあって、慇懃にうなずいたメルヴィが、リドルの身体をウーリーの手に預けて一礼する。

「──承知いたしました、エルズプレイス伯」


三十分後。

「リドル様。お加減は、いかがでしょう？」

居間のソファーで目覚めたリドルは、自分にかけられた声に対し、まだ完全には覚めきっていない虚ろな目を向けて訊き返す。

「……湯加減？」

「いえ、『お加減』でございます、リドル様」

忍耐の権化《ごんげ》ともいうべき執事は、まったく動ぜず言い直す。

「お身体の調子はいかがでしょうかとお尋ね申し上げました」

「ああ、お加減ね。……うん。お身体の調子は、おかげんさまですこぶるいいよ。ちょっと頭がぼんやりしているけど、きっといつものことだから」

そこで、わずかに身体を起こして周囲を見ながら問う。

「それはそうと、今、何時？」

「日の出前でございます、リドル様」

「日の出前？」

「はい。日の出前というのは——」

懇切《こんせつ》丁寧に説明しようとした相手を片手で遮《さえぎ》り、リドルがさらに訊く。

「なんで、僕が日の出前に起きているんだろう？」

ふだんは、「起きろ」と蹴《け》り飛《と》ばしても、なかなか目覚めないリドルである。それが、自ら日の出前に目を覚ますなど、あり得ないことだった。

メルヴィが、説明する。

「それは、色々とございました関係で、いつもほど深い眠りにはついていなかったからだと拝察いたします」

「――色々？」

「はい。色々でございます。――まったく覚えていらっしゃいませんか？」

「え、いや、もちろん、覚えているよ。……えっと」

慌てて考え込んだリドルが、「たしか、帰ってきたら、誰もいなくて……、いや、いたんだっけ。それで」と次第に蘇《よみがえ》ってきた記憶に対し、「あ、思い出した！」と驚きを顕《あら》わにする。

「メルヴィ。君、床の上に倒れて死にかけていたんじゃなかった？　それでもって、僕はものすごく動揺してエルを呼びつけたんだけど、そうしたら、地下の貯蔵庫でエルが変身……」

そこまで思い出したところで、メルヴィが静かに口をはさんだ。

「変身でございますか？」

「うんそう。ピカーって光って、天使みたいなヘンなものに変わったんだ」

「それは、すごいですね。あのエルズプレイス伯であらせられれば、天使への移行もあり得そうなことではございますが、残念ながら、すべて夢でございましょう、リドル様。それも、予知夢でもなんでもない、ただの夢でございます」

「夢？」

「はい」

「どこから？」

「変身のあたりからでございます、リドル様」

「ということは、エルは変身してない？」

「おそらく、そのようなことは、ウーリー卿の身に起こってもいなければ、これからも起こり得ないかと思われます。――なぜといって、エルズプレイス伯におかれましては、今この瞬間にも、陛下で使いの者と話しておられますが、ふだんとなんら変わらぬご様子であらせられますゆえ」

「陛下ってことは、エルが来ているのは間違いないんだ？」

「はい。リドル様の火急の呼び出しに応じ、すでにご就寝の準備が整ったところであったにも関わらず、こちらまでお出ましくださったもようです。――そして、その時に、貧血で倒れていた私と、私のそばで気絶なさっていた貴方《あなた》様を発見なされたということでした」

「貧血で倒れていた」

死者を想わせる青白さで意識を失っていた執事の様子を思い出したリドルが、深く納得しながら「ああ、それなら」と続ける。

「そこからが、ぜんぶ、夢だったのか」

「そのようにお考えになられてよろしいかと」

「とはいえ、夢とは思えないくらいリアルな夢だったけど」

「では、もしかしたら、自覚された夢をご覧になられたのかもしれませんね。自覚された夢と申しますのは、古来、呪術師やシャーマンなどが未来予知のために見てきたとされる夢の一形態でございまして、夢を見ている時に、それが夢だと自覚した上で見続ける――」

例によって例のごとく、ありあまる知識を披露《ひろう》しつつ説明しかけたメルヴィを、手をあげて止め、リドルが懐かしそうに言う。

「メルヴィ、長々としゃべっているね」

「はい。――もしや、ご不快でございましたか？」

「まさか。嬉しいよ。しゃべれるようになったんだ？」

「はい。と申しますより、生まれてこの方、たいがいはしゃべれたものと自負しておりますが……」

「でも、このところ、しゃべるのを控えているみたいだったから、ちょっと心配していたんだ」

「さようでございますか」

漆黒の瞳を細め、慈愛《じあい》の眼差《まなざ》しでリドルを見つめたメルヴィが、静かに頭をさげて謝った。

「それは、いらぬご心配をおかけしまして、本当に申し訳ございませんでした。もう、いつもの私でございますので、ご安心くださいませ」

リドルが嬉しそうにうなずいていると、部屋のドアが開いてウーリーが姿を現した。

「リドル。気がついたか」

「ああ、うん。エル、来てくれて、ありがとう。夜中なのに騒いだりしてごめん」

「別に。いつものことだろう。昔から、寝ている最中に起こされるのは、決まって君やバーナードがなにかしでかした時だったからな」

身体を起こしたリドルが、「それにしても」と続ける。

「僕まで倒れていたんだから、さぞかし驚いただろうね」

その言い分に対し、チラッと素知らぬ顔で控えている執事を見やってから、ウーリーは答えた。

「たしかに、驚いたが、こうして二人とも無事だったのであれば、問題ない」

「そうだね。……でも、そういえば」

リドルは、状況を思い出すついでに、以前は記憶から吹っ飛んでいたことまで思い出し、その疑問を口にする。

「僕が帰ってきた時、倒れているメルヴィのそばには、『レディ・テンプルトン』がいたんだけど、彼女は、いったい、ここでなにをしていたんだろう」

「『レディ・テンプルトン』?」

意外そうに繰り返すウーリーの横で、メルヴィが、「そういえば」と蠟人形を遠隔操作しながら得ていた事実を報告する。

「今夕、リドル様を訪ねてこられたご婦人がいらっしゃいました。たしか、『メイ・テンプルトン』と名乗られておいでのようでしたが……」

その話を受け、ウーリーがリドルに対して訊く。

「『メイ』だか、『レディ』だか知らないが、『テンプルトン』といえば、僕はまだ直接会ったことはないけど、バーナードのバカを縛《しば》り付《つ》けて金を奪っていったという女性だろう?」

「そう。本業は、霊媒師《れいばいし》だそうだけど」

「『強盗』も『霊媒』も、人から無暗と金を巻き上げるという点では同じだな。そんな物騒な女性が、君になんの用があって来たのか」

「それは、僕にもさっぱりわからない」

肩をすくめたリドルが、「だけど、それなら」とあまり嬉しくない推測をする。

「前科もあることだし、彼女がメルヴィを気絶させて、なにか奪おうとしたのかな？」

リドルが受けた印象としては、そんな風には見えなかったし、「私じゃない」と言って去って行った彼女の言葉を信じたいと思っていたら、案外あっさり、メルヴィがリドルの説を否定してくれる。

「いえ、そうではないと思います、リドル様。私が倒れたことと、彼女の来訪の理由は、まったく別なことと考えていただいてよろしいかと――」

「本当に？」

「はい」

しっかりと請け合《うあ》ったメルヴィが、「それより」と確認する。

「あの方は、霊媒師なのですか？」

「そう。リチャード・レスリー曰《いわ》く、『イカサマ霊媒師』らしいけど」

それに対し、ウーリーが横から確認する。

「『リチャード・レスリー』って、ケンブリッジで一緒だった科学者志望のレスリーか？」

「そうだよ」

「彼に会ったんだ？」

「うん」

「いつ?」

「昨日——もう一昨日《おととい》か。バーニーに連れて行かれた交霊会で偶然ばったり」

「ふうん」

どこか鬱陶《うっとう》しそうに応じたウーリーが、「もしかして」と続ける。

「また変な実験への参加を迫《せま》られたりはしなかったか?」

ケンブリッジ時代、幽霊を科学的に証明するという活動にかかわっていたレスリーやその仲間は、「アメージング・リディ」の呼び名を持つリドルをさんざんつけ回し、超常的な能力の実証を行おうと躍起《やっき》になっていた。

それがウーリーの逆鱗《げきりん》に触れ、彼らはそれ相応の報いを受けたという噂もあったが、もちろん、事実か否《いな》かは、わかっていない。

ただ、ある時から、レスリーたちからの接触がぱったりと止《や》んだのは事実だ。

苦笑したリドルが、説明する。

「以前のようなおかしな勧誘はなかったけど、彼、まだ——というより前よりもっと本格的に、幽霊を科学的に証明するというような活動に関わっているみたいで、『マダム・なんとか』という人の交霊会で行われる心霊実験に参加しないかって誘われたよ」

「『マダム・なんとか』?」

その点を訊き返したウーリーに対し、答えたのはリドルではなくメルヴィだった。

「『マダム・エウゲリーノ』でございましょう」

リドルとウーリーが、同時に執事のことを見る。

先にウーリーが尋ねた。

「知っているのか？」

「はい」

慇懃にうなずいたメルヴィが、漆黒の瞳にもの言いたげな色を浮かべて真っすぐにウーリーを見つめ返す。

「ごくごく最近、ある場所で聞いた名前でございます。なんでも、その霊媒師の陰には、ディアボロ・ヴァントラス男爵がいらっしゃるとか」

「――ほお」

どうやら、メルヴィが暗に言いたいことが通じたようで、ウーリーも面白そうにアイスブルーの瞳を光らせた。

その横で、リドルも小さく反応する。

「ディアボロ・ヴァントラス男爵……」

何度か遭遇《そうぐう》したことのあるフランスの男爵は、なんとも妖《あや》しげな雰囲気を持っていて、正直、リドルは苦手であったが、同時に、どこか魅了されている自分がいるのも否めなかった。警戒心《けいかいしん》をいだきつつ、誘われたらフラフラとついていってしまいそうな磁力を持った男である。

ウーリーが、リドルに訊く。

「それで、その心霊実験への参加は断ったのか？」

「もちろん」
「それなら、リチャード・レスリーに言って、ぜひとも、その心霊実験に参加させてくれるよう、頼み込んでみるとしよう」

第五章　魔の囀り《ゴースト・ウィスパー》

1

ハッと目を覚ましたメイ・テンプルトン——通称「レディ・テンプルトン」は、屋根裏の天窓から差し込む灰色がかった朝の陽射しを見てホッとする。

そこは、一間の小さな部屋に、ベッドと食事用のテーブルと箪笥《たんす》があるくらいの実に質素な空間だ。テムズ川沿いのドックのほうからは、薄い壁を通し、絶えず、船を修理するハンマーの音が聞こえてくる。

それでも、彼女にとって、その部屋は自由そのもので、だれにも侵《おか》されることのない彼女だけの空間だった。

ベッドを降りたメイは、洗面所で身支度《みじたく》を整えると、隣人が読み終わったあとドアの下に差し込んでおいてくれる一日遅れの新聞を取ってテーブルにつき、出がらしの紅茶と固いパンだけの朝食を食べ始めた。

彼女にしてみれば、食事というのは、味云々《うんぬん》ではなく、一日に必要なエネルギーをいかに摂取《せっしゅ》するかが重要であった。味わって食べる食事など、金持ちを騙《だま》し、彼らの行きつけの居酒屋に連れて行ってもらった時にするくらいのものである。

そういう意味で、少し前に、交霊会で出会ったバーナード・ブランズウィックは、とてもいいカモだった。

陽気で軽はずみで究極の楽天家。

おそらく、半年後に、同じシチュエーションにおとしいれても、簡単に騙されてくれるだろう。

と、その時。

紅茶を飲んでいた彼女の目が、ふと三面を飾る新聞記事に吸い寄せられる。エセックスにある「幽霊屋敷」からミイラが出たというニュースだ。そのミイラは、地下の隠し部屋で見つかったもので、屋敷を相続したトットナムウッド氏が発見したということである。

さらに、新聞記事は面白《おもしろ》おかしく、トットナムウッド氏が、近々、そのミイラをクリスティーズで行われるオークションに出す計画があるという情報を付け足していた。

本気なのか、冗談なのか。

おそらく、この記事を載せた新聞社も書いた記者も、どっちでもいいと思っているのだろう。

ただ、話題性があればいい。

(……幽霊屋敷)

考えに沈《しず》み込《こ》んだ彼女は、やがて立ち上がると、飲み終わった紅茶のカップをシンクに置き、外出着に着替えて、自分の城を出て行った。

2

「ミスター・ブランズウィック!」

馬の蹄《ひづめ》の音が響く駅前の雑踏で、四輪馬車から大きめの荷物が降ろされるのを見ていたバーナードは、その声に反応して振り返る。

光の加減で金色にも見える亜麻色《あまいろ》の髪に今流行《はや》りの帽子《ぼうし》をかぶり、新緑のような明るい薄緑色の瞳をした彼は、上背《うわぜい》のある身体に品の良い背広を着ていて、見た目は、どこから見ても立派な紳士だ。

だが、物事を悪くすることにかけては天才的な才能を発揮《はっき》するのを知っている人間は、彼のことを「疫病神《やくびょうがみ》」、あるいは「ブレーキング・バーニー」と呼び、関わり合いになるのを極力避けていた。

そんなバーナードは、自分を呼んだ人物を見て取ると、彼にしては珍しく、あからさまに嫌そうに顔をしかめる。

何と言っても、美人と見れば、誰にでも恋する男だ。そして、バーナードを呼んだメイ・テンプルトンは、蜂蜜色《はちみついろ》の髪をした文句なしの美人である。その証拠に、乱暴に積み荷が降ろされるのをあたふたしながら補助していたロバート・トットナムウッドが、彼女を見て小さく口笛を吹いた。できることなら、応対を代わりたいところであったろうが、残念ながら、すぐに馭者《ぎょしゃ》と口論になり、彼はそれどころではなくなる。

喧騒《けんそう》の中、バーナードがメイに対し嫌味っぽく答える。

「おやおや。これは、レディ・テンプルトン。いや、『レディ』という呼称は本来淑女《しゅくじょ》に対して使われるものであることを思えば、貴女《あなた》のことは、『ミス・テンプルトン』とお呼びしたほうがいいかもしれない」

「あら、なんのことかしら。——それより、いいところで会えたわ。折り入って、貴方《あなた》に頼みたいことがあって」

「ほお、頼みごと。それなら、こちらから先に頼みごとを言わせてもらえば、さっさと俺の前から消えてくれないか、ミス・テンプルトン。君の顔は、金輪際《こんりんざい》見たくない。本当のことを言うと、とても見ていたいタイプの顔ではあるんだが、なんといっても、君のせいで、俺は、この世で一番失態を見せたくない男の前で、大恥をかいたんだ」

「そう？　でも、そんな謙遜《けんそん》しなくとも、貴方、どこのだれに見られたって堂々としていられるくらい、そこそこいい身体をしていたわよ」

先日、メイの色仕掛けに騙され、あられもない恰好《かっこう》でホテルのベッドに縛《しば》り付《つ》けられたまま置き去りにされた時のことがまざまざと思い出され、バーナードは複雑な表情で黙り込む。

ムカつくと言えばムカつくし、褒《ほ》められたと思えば、それなりに気分のいい褒め言葉だったからだ。

そこで、誤魔化すようにコホンと咳《せき》をし、「それで」と自分から話題を変える。

「一応訊《き》くが、今日はなんの用があって来たんだ？」

「そうそう。貴方、たしか、レスリーさんとお知り合いだったでしょう？」

「レスリー？」

意外そうに繰り返したバーナードが、若干《じゃっかん》、興味を引かれた様子で続ける。

「君のイカサマを見事見破ったリチャード・レスリーのことなら、よく知っているよ」

「それなら、彼に頼んで、私も、『マダム・エウゲリーノ』の降霊会に参加できるよう取り計らってもらえないかしら？」

バーナードが、訝《いぶか》しげに首を傾けてメイを見つめる。

「イカサマ霊媒師《れいばいし》の君が、時の寵児《ちょうじ》である売れっ子霊媒師の心霊実験を見学したいというのは、みんなにもてはやされている同業者が、イカサマを暴《あば》かれて恥をかく姿が見たいからか。——それとも、純粋《じゅんすい》な好奇心？」

肩をすくめたメイが答える。

「選択肢《し》が少な過ぎて、答えようがないわね。残念ながら、女心は、もっと複雑なのよ」

「複雑ねえ」

「ええ。余計なことかもしれないけど、貴方はもう少し女心を勉強すべきだわ。——例えば、この間のことだって」

そこで、しなだれかかるように肩に顔を寄せ、メイはバーナードの耳元に囁きかける。

「私が、心の中ではどう思っているかなんて、貴方には想像もつかないでしょう？」

「ほお？」

メイの美しい顔を間近で見おろし、バーナードは小さく口元を引きあげる。

「それはつまり、レスリーに取り継ぎをする代わりに、その女心とやらを、俺に教えてくれるということかな?」

それに対し、「ふふ」と意味ありげな微笑で応《こた》えたメイの背後では、馬車から降ろし終えた荷物の点検をしていたトットナムウッドが、懐中時計を見ながら声をあげた。

「バーニー。そろそろ出発しないと」

「ああ。わかった」

トットナムウッドに答えたバーナードが　上着の内ポケットから金の名刺入れを取り出すと、美しい意匠《いしょう》の施《ほどこ》された名刺を引き抜き、そこに万年筆ですらすらと紹介文を書き込んで、メイの手に握らせる。

「これを、レスリーに見せるといい。たぶん、通してくれるはずだ」

「……まあ。どうもありがとう」

思った以上にあっさり話が決まり、メイは面食らって礼を述べた。

「いやなに。これで、俺も、退屈極まるワイト島から戻ってくる楽しみができたというものだからな。……いったい、どんな女心を見せてくれることか」

ホクホクした様子で背を向けたバーナードを見送り、その姿が駅の雑踏に消えた頃になって、彼女は「楽しみって」とつぶやく。

「……そうだろうとは思っていたけど、あの人、本当に経験から学ぶということをしないみたいね?」

それでも、簡単に手に入った紹介状を握りしめ、「ま、私には関係ないけど」と言って踵《きびす》を返すと、人で賑《にぎ》わう駅舎をあとした。

3

リチャード・レスリーとその仲間の研究者が主催する心霊実験は、ロンドン市内にある貴族の館で行われることになっていた。

半年前に奥方を亡《な》くしたというその貴族は、著名《ちょめい》な霊媒師の術で妻と交流したいと望んでいたものの、昨今、そういった類《たぐい》のイカサマが横行していることへの警戒心《けいかいしん》もあって、なかなか手を出せずにいたという。そんな折、ケンブリッジの優秀な研究者たちが、イカサマを科学の力で暴くという活動を行っているとの噂《うわさ》を聞きつけ、彼のほうからこの企画を申し出たという次第だ。

そして、ついにその日がやってきて、館には、暇《ひま》を持て余している物見高い人間が大勢押しかけた。

それらに混じり、メイも入り口でバーナードの紹介状を見せているところであったが、応対に出てきたレスリーは、名刺を見るなり、眼鏡をかけた顔を鬱陶《うっとう》しそうにしかめて嘆《なげ》く。

「なんてこった！　ここに来て、再びの『ブレーキング・バーニー』か」

それから、名刺をぞんざいに突っ返すと、けんもほろろに断った。

「今日の実験は絶対に失敗したくないのでね。厄介者《やっかいもの》のバーナード・ブランズウィックに関するものは、髪の毛一本たりとも入れたくはないんだ。悪いが帰ってくれないか」

「え、でも――」

メイが、慌てて食い下がろうとしていると、彼女の背後で驚いたような声がする。

「レディ・テンプルトン⁉」

振り返ると、そこには、紅茶色の髪をしたリドルと守護天使のようにその背後に立つウーリーの神々《こうごう》しい姿があった。

初めて見るウーリーの端麗《たんれい》な様子に、一瞬陶然《とうぜん》としてしまったメイは、近づいてきたリドルが放った「君、ここでなにをしているんだい？」という問いかけに対し、ハッとして視線を移した。

「……え、いや、あの、私」

説明しかけたメイであるが、その瞬間、リドルと最後に会った時の状況を思い出し、慌《あわ》てて「ああ、そうそう」と先に弁明した。

「あの時は、一人で逃げ出してごめんなさい。なにをどうしたらいいのかわからなくて。――でも、本当に、私はなにもしてないのに、あの人が急に倒れたのよ」

「倒れたって……」

いったいなんのことだろうと少し考えた末、それが、メルヴィのことを言っているのだとわかったリドルが、「……ああ」と気だるげにうなずいた。

「そうだってね。メルヴィから聞いたよ」

「メルヴィって、彼の名前よね？」

「うん」

「それなら、彼、死んでないのね？」

「もちろん、生きているよ。――でも、そういえば、君、あの夜、僕に会いに来たそうだけど、いったいなんの用だったんだい?」

「それは……」

だが、説明しようとしている彼女の背後で、彼らの様子を窺《うかが》っていたレスリーが、がまんしきれずに「おいおい」と声をかけたため、会話が中断する。

「いったいなんの話をしているんだ。それに、リディ、心霊実験に参加するなら早くしないと、始まってしまうぞ」

それに対し、リドルがおっとりと反論する。

「参加はしませんよ、レスリー。あくまでも、見るだけ」

「ああ、そうだっけ。――だがまあ、マダム・エウゲリーノにかかれば、見物人も参加者と同じだ。まあ、存分に楽しんでくれ。――ウーリーも」

そこで、ウーリーと目を合わせたレスリーが続ける。

「久しぶりだな、ウーリー」

「どうも。レスリー。今日は、急なお願いにもかかわらず、ご招待くださり感謝しますよ」

「いやなに。君なら、いつだって大歓迎だ。それで、もし実験に興味を持ったら、ぜひとも、研究資金を提供してくれ。なんといっても、研究より費用の捻出《ねんしゅつ》のほうに時間を取られるというのが現状なのでね」

どうやら、ロンドンでの心霊実験の裏には、それなりの思惑《おもわく》があるらしい。

二人の会話を聞きながら中に入ろうとしたリドルが、ふと足を止めてメイに尋ねる。

「もしかして、君も？」

「あ、いえ……」

困ったようにチラッとレスリーを見てから、メイが正直に告白する。

「実は、私、本物の霊媒師というのがどういうものか知りたくて、今日の実験の見学ができるよう、ブランズウィックさんに紹介状を書いてもらったのだけど、残念ながら、そちらのレスリーさんに断られてしまって」

リドルが、驚いてメイを見る。

「『ブランズウィックさん』って、まさか、バーニーのことではないよね？」

「えっと……」

手にした名刺に視線を落としたメイが、そこにある名前を確認してから答える。

「バーナード・ブランズウィックという人だけど。――ほら、前回の交霊会で貴方と一緒にいた」

「それなら、やっぱりバーニーだ」

認めたリドルが、疑わしげに尋ねる。

「バーニーが、君のために紹介状を書いたって？」

「ええ」

「いつ？」

「昨日」

「昨日？」

リドルが、さらに驚いて繰り返す。バーナードはとっくにワイト島に行っていると思っていたからだ。

「ふうん。……それにしても、よく、紹介状なんて書いてくれたね。あんな目に遭《あ》わされたばかりだというのに」

あんな目とは、もちろん、彼女に身ぐるみはがされてホテルに置き去りにされたことを言っている。

「そうね。意外にも、けっこう気前よく書いてくれたわよ」

「もしかして、バーニーになにか約束でもした？」

「いいえ。特には。――ああ、でも」

そこで、彼女は、悪戯《いたずら》っ子《こ》のように瞳を輝かせて続ける。

「彼は、紹介状を書けば、なにか楽しいことが起こると信じているみたいだったわ。……なんというか、破壊的なまでに前向きな人ね」

「……なるほど。そういうことか」

なんとも言い難そうに応じたリドルが、苦笑気味に認める。

「まあ、そこが、彼の短所でもあり長所でもあるから」

とたん、背後でウーリーが呆《あき》れたようにそっぽを向く。たしかに短所は長所というが、バーナードに限っては、短所が長所となった事例が見つからないと思ったのだろう。

結局、ウーリーの取り計らいで、メイもリドルたちと同席することになり、彼らはすぐに交霊会の行われる応接室へと案内された。

窓に覆《おお》いがされているため、部屋の中は暗く、自慢の家具や装飾品は輪郭《りんかく》くらいしか見えなくなっている。ところどころで蠟燭《ろうそく》の炎が揺らめき、どこからともなく漂《ただよ》ってきたエキゾチックな匂《にお》いが鼻先をかすめた。

中央に置かれた円卓には、身なりの良い紳士淑女が座り、その周りを囲む形で、見物人の席が設《もう》けられている。

どうやらすでに準備万端であるようだが、その場にまだ霊媒師の姿はない。

椅子に座ってすぐ、もの珍しげにあたりを見回していたリドルの横で、同じように室内に視線をめぐらせていたメイが言う。

「あの人たち、みんな、交霊会に参加するのかしら?」

「たぶんね」

「だとしたら、世の中、もの好きが多いこと」

「まあ、みんな、娯楽《ごらく》に飢《う》えているのは確かだと思う」

「そうかといって、この中に、本当に超常現象を信じている人なんて、いると思う?」

「——え?」

意外そうに琥珀色《こはくいろ》の瞳でメイの横顔を見つめたリドルが訊き返す。

「信じているから来ているのではなく?」

「どうかしら」

懐疑的に返したメイが、「ちなみに」と言いかける。

「モルダーさんは――」

「リディでいいよ」

「それなら、私は『メイ』で」

「メイか。もしかして、五月生まれ?」

「そうよ」

認めたメイが、「で」と改めて訊く。

「リディは、超常現象を信じる?」

「そうだね。時と場合にもよるけど、大抵は信じるかな」

「ふうん」

うなずいたメイが、ボソッと付け足す。

「……まあ、貴方の場合、貴方自身が、超常現象のようなものだものね」

「え?」

聞き逃《のが》さなかったリドルが、首をかしげて訊き返す。

「僕自身?」

「そうよ。――だって」

そこで身を乗り出し、間近にリドルの顔を覗《のぞ》き込《こ》んだメイが、「貴方の」と、どこか詠《うた》うような節回しで告げる。

「宝石そのものの琥珀色の瞳には、なにかが隠されていると思えるから……」

「瞳――?」

驚いたように繰り返したリドルに対し、ウーリーが鋭い視線をメイに向ける。すべてを見通すようなアイスブルーの瞳には、猜疑《さいぎ》の色が浮かんでいた。

と、その時。

入り口とは反対側の扉が開いて、黒い天鵞絨《ビロード》の衣装を身に着けたマダム・エウゲリーノが姿を現した。

とたん、室内がざわめきで満ちる。

つばのある帽子を深くかぶっているので顔の作りはわからないが、立ち姿は若々しく美しい。胸元で揺れ動く銀色のコインのようなものが、蠟燭の灯火《ともしび》を反射して、なんとも神秘的な輝きを放っている。

てっきり年のいったお婆《ばあ》さんが出て来るものと思っていたリドルは、意表をつかれ、まじまじとマダム・エウゲリーノの姿を凝視《ぎょうし》した。

すると、そのタイミングで向こうもこちらを見たため、付き人のような男性にかしずかれてテーブルの一端に腰をおろした彼女とばっちり目が合ってしまう。

リドルがドギマギしていると、スッと視線を流したマダム・エウゲリーノが、リドルの横にいるメイを見た瞬間、ハッとしたように身体を小さく揺らした。

気づいたリドルが、メイを見れば、彼女は彼女で、食い入るようにマダム・エウゲリーノを睨《にら》みつけている。

(……なんだろう?)

違和感を覚えたリドルであったが、その間にも、マダム・エウゲリーノの背後に控《ひか》えた男が、手にしたベルを鳴らして注意を喚起《かんき》した。

「皆様、お静かに」

それに応え、人々のざわめきが小さくなり、やがて消えた。

しんと静まり返る空間に、男の声がなおも響く。

「お待たせしました。これより、マダム・エウゲリーノの交霊会を始めさせていただきます。——なお、事前にお知らせしております通り、今回の交霊会は、ケンブリッジ大学の名高き科学者たちが行う心霊実験を兼ねておりますが、皆様はそれに惑《まど》わされることなく、いつも通り、交霊会に意識を集中してください。なんと申しましても、霊を呼び寄せるには、皆様の協力が必要です。皆様の強い思念が一つになって初めて、さすらいの亡霊たちをこの場に引き寄せ、彼方《かなた》からの想いを受け取ることができるのです。その点を御心《おこころ》にとどめていただき、一緒にこの会を成功へと導きましょう。——それでは、皆様、マダム・エウゲリーノの驚異の能力を、存分にお楽しみください」

男の口上が終わると、マダム・エウゲリーノがおもむろにテーブルの上の水晶玉に手をかざした。

交霊会は、滞《とどこお》りなく進む。

始めに、導き手であるマダム・エウゲリーノの使い魔がやってきて、室内にいる誰かの秘密を話した。それが、嘘のように当たっているらしく、その度《たび》に、誰かが声をあげ、驚きや喜びや悲しみを表明する。

それから、同じ使い魔を通じ、本日のメインである主催者の男性の妻を呼び出すこととなる。

緊張が高まる中、その場に呼び出された亡き妻が、夫婦だけが知っている秘密を伝え、驚いた夫は、泣きながら、そこにいる霊が本物の妻であることを保証した。

マダム・エウゲリーノへの信頼と期待が高まる中、この家の主人に対し、霊界からのメッセージが伝えられる。ただ、残念ながら、メッセージの内容が公《おおやけ》にされることはなく、近くによって耳元で密《ひそ》かに受け取った主人のみが、みるみるうちに顔色を変えた。

いったい、なにを告げられたのか。

一方、交霊会が進行する間、ずっと最新の測定器を操作しながら霊媒師の能力を計測していたレスリーたちは、どうあっても、そこに不審な点が見つけられないことで、焦《あせ》りと恐怖と期待を持ち始めたようである。

これで、ついに、本物の霊媒師の存在を証明することになるのか――!?

そんな中、水晶玉に手をかざしていたマダム・エウゲリーノが、身を乗り出して言った。

「どうやら、新たに誰かが、なにかを告げに来たようです。しかも、急ぎ知らせたいことがある様子で」

その声に合わせ、天井近くで、ピキッ、ピキッと、異様な音が鳴り響く。

「……ラップ音だ」

リドルの前に座っている男がかすれた声をあげ、人々の間にざわめきが広がった。今までも、時々音が聞こえていたが、これほど鮮明な音がしたのは初めてだ。

その場に、今までとは違う緊張感が漂う。

マダム・エウゲリーノが言う。

「紅茶色の揺らめきが見えます。紅茶色の揺らめきの中で、だれかが、なにかを伝えたがっている……」

リドルが、ハッとしてマダム・エウゲリーノを凝視する。

その横では、それまで退屈そうに交霊会の様子を眺めていたウーリーも、警戒するようにアイスブルーの瞳を細めた。

なんといっても、「紅茶色の揺らめき」と言われたら、身近な者なら誰しもリドルのことを意識せざるを得ない。

マダム・エウゲリーノは、苦しげな表情になりながら、水晶玉を見つめ続けている。

「……あれは、ここにいらっしゃるだれかの守護霊かもしれません。焦り、怒り、恐怖——。血縁の失踪《しっそう》。どうやら、その方のお父さまに危険が迫《せま》っているようです。——海の近く。リゾート地の社交場です」

リドルが、とっさにウーリーの腕に手をかけて身を乗り出した。

彼の父親であるウィリアム・モルダーは、まさに今現在、夏の社交場として名高いワイト島へ行っている。

さらに、長男のスティーブンは行方《ゆくえ》をくらましているところである。

つまり、リドルの父親に、なにか危険が迫っているということだ。

緊張するリドルを落ち着かせるように、ウーリーがその背に手を当てるが、表情は険《けわ》しく、この状況が決して安穏《あんのん》としていられるものでないことを物語っていた。

ひどく嫌な予感がした。

今すぐ、交霊会を止めさせるべきか。

それとも、もう少し、様子を見るべきか。

正直、マダム・エウゲリーノの正体や、その背後にいるディアボロ・ヴァントラスの存在を炙《あぶ》り出すには、今止めてしまうのは、タイミング的にまだ早い気がした。

ウーリーが迷ううちにも、マダム・エウゲリーノが、真剣な面持《おもも》ちで恐ろしい予言を口にする。

「ああ、ええ、そう、そうね、急がないと、その方のお父さまに死が――」

だが、最後まで言う前に、ガタンと椅子を蹴《け》って立ちあがったメイが、大声で叫んだ。

「イカサマだわ！」

それから、人々を押しのけて前に進みながら喚《わめ》き立《た》てる。

「彼女の予言を信じちゃダメ！　みんな、嘘よ。嘘の未来を信じ込ませ、それを本当の未来とすり替えるの！　これは、人間の魂《たましい》を欲する悪魔の所業なのよ！」

言うなり、呆然《ぼうぜん》としている客の前で、マダム・エウゲリーノにつかみかかっていく。

「そうよ！　すべては、ここにいる悪魔の力。――正体を現しなさい！　そして、今すぐ、ミーナを返して‼」

つかみかかったメイと、つかみかかられたマダム・エウゲリーノが、椅子ごと床に倒れ込む。

そこに至って、周囲で悲鳴があがった。

混乱の最中、我に返った幾人《いくにん》かの男たちがもみ合う二人を引きはがそうと必死になり、レスリーたちはレスリーたちで、高価な計測器が壊されないよう、円陣を組み、もみ合う人々から必死で守る。

守りながら、レスリーが情けない声をあげるのが聞こえた。

「——ああ、これだから、『ブレーキング・バーニー』が関係しているものは、この場に入れたくなかったんだ！　あいつが絡むと、うまく行くものも、すべてめちゃくちゃになる！」

その通りであり、なんとも気の毒なことであった。

一方、リドルは人々にもみくちゃにされそうになる寸前、ウーリーの手で助け出され、人のいない壁際に寄ってなんとか一息つくことができた。

リドルを助け出したウーリーは、視線を室内に向け、状況を彼なりに分析する。

不審なもの。

怪しげな気配。

部屋の中は、今、そんなもので満ち満ちている。このような集会を開けば必ず、そのへんを漂っている浮遊霊たちが集まってくるからだ。

だが、彼が見つけようとしているのは、もっと違う種類のものだった。浮遊霊のようなおぼろな存在ではなく、もっとはっきりとした存在。

確かな邪悪さを放つ異界に属する者の気配だ。

次の瞬間。

ハッと振り返ったウーリーは、その場にリドルを残し、大股《おおまた》で奥のドアに近づいていく。そのドアは、先ほどマダム・エウゲリーノが出てきたもので、隣室へと繋《つな》がる出入り口であった。

ウーリーがドアを開けた時、隣室には誰もいなかったが、ひんやりとした空気の中には、明らかに、魔界のものと思われる気配が漂っていた。

暗い室内を宝石のような輝きを放つアイスブルーの瞳で見回しながら、ウーリーは心の中でつぶやく。

(奴《ヤツ》がいたのか……)

奴とは、マダム・エウゲリーノの背後にいると思われるディアボロ・ヴァントラスのことである。

ウーリーの目から見て、マダム・エウゲリーノの霊視は、本物であるようだった。

少なくとも、目に見えないなにかが、彼女と彼方の霊を仲介《ちゅうかい》し、メッセージを届けているのは確かである。そして、彼が見る限り、それらを媒介《ばいかい》しているのは、彼女が胸元にさげていた銀色のコインのようなものだった。

というのも、交霊会の間中、銀色の輝きの中に黒い影が現れては煙のように漂い出て、再び銀色の輝きの中に消えていくのを、彼は何度も見たからだ。

興味深いのは、それに気づいたのは、どうやら彼だけではないようで、マダム・エウゲリーノにつかみかかったメイが取りあげようとしたのも、まさに、あの銀色のコインのようなものだった。

となると、気になるのは、「レディ・テンプルトン」と名乗るメイの正体だ。

彼女はなにを知っていて、今日は、なにをしようと企《たくら》んでいたのか。

ウーリーが振り返ると、室内の混乱は収まりつつあり、男たちの手で引きはがされて荒い息を吐いているメイに、ちょうど、リドルが走り寄るところだった。

対照的に、メイの手を逃れたマダム・エウゲリーノが、お供《とも》の男性に付き添われ、こちらに向かって足早に歩いて来る。

ウーリーが、そんな彼女のために優雅な仕草でドアを大きく開けてやると、感謝するように頭をさげながらも、どこかビクついた様子で距離を取り、そそくさとドアの向こうに消え去った。

その背に向かい、ウーリーが告げる。

「ヴァントラス男爵によろしくお伝えください。マダム・エウゲリーノ」

だが、聞こえたのか、聞こえていないのか、それに対する返事はなかった。

4

リドルが、ウーリーとメイを伴《ともな》ってケンジントンの家に戻ると、慇懃《いんぎん》に出迎えたメルヴィが、少々意外そうに尋ねた。

「お早いお戻りですね、リドル様。てっきり外でお食事をなさってくるかと思っておりましたが」

「うん。そのつもりだったけど、色々あって、ここで食べることにしたんだ。――それで、今から三人分の食事を用意して欲しいんだけど」

「かしこまりました。ただいま、ご用意いたします」

応じたメルヴィの賢そうな漆黒《しっこく》の瞳が、チラッとメイに流される。

「それはそうと、そちらは、テンプルトン様でよろしかったでしょうか？」

「……ええ」

まだ、倒れた時の記憶が新しいのか、メイは、ドギマギした様子でメルヴィを眺めやる。

そんなメイに対し、メルヴィが厳《おごそ》かに謝罪する。

「先日は、お見苦しいところをご覧に入れまして、まことに失礼いたしました。深くお詫《わ》び申し上げます」

「それは全然構わないんだけど、身体のほうは、もう大丈夫なの？」

「はい」

「なら、よかった」

「お気遣《きづか》い、ありがとうございます」

頭をさげたメルヴィが、流れるような足取りで部屋を出て行き、ものの三十分もしないうちに、驚くほど豪華な食事を次々と運んできた。

料理を見ながら、メイが感心したように言う。

「これ、全部作ったの？」

「はい」

「今？」

「作り立てでございます」

「すごい。魔法でも使っているような手際の良さね」

「お褒めいただき、光栄に存じます」

慇懃に応じたメルヴィを、ウーリーがもの言いたげに見やった。おそらく「魔法でも使っているような」ではなく、まさに「魔法を使った」手際の良さなのだろうと思ったからだ。

ただ一人、こういったことが日常化しているリドルが、何ごともなかったかのようにフォークとナイフを取って食事に手を付け始める。

「うん、やっぱり、メルヴィの作るものは美味《おい》しい！」

「驚いた。ホント、絶品ね」

食事にさして興味のないメイも、これだけ美味しいものなら毎日でも食べたいと思う。

嬉しそうにフォークを口に運ぶメイに対し、ワイングラスを傾けながら、ウーリーが問いかける。

「それで、『レディ・テンプルトン』」

「メイでいいわよ」

メイは訂正するが、変える気があるのかないのか、ウーリーは言い直さずに話を進める。

「君は、なんの目的があって、あんな騒ぎを起こしたんだ？」

すると、それまで嬉しそうに口元に食べ物を運んでいたメイが、ふと手を止め、意気消沈《しょうちん》してフォークをおろした。

「なんのって言われても……」

リドルが、横から口をはさむ。

「言い難いこと？」

「言い難いというより、一言で説明できるようなことではないのよ」

「それなら、もしかして、今日の騒ぎは、君が、この前ここに来たこととなにか関係がある？」

メイが、リドルに視線を移してうなずいた。

「あるといえばあるわ。——というのも、今日、あんな騒ぎを起こす前に、貴方に相談してみようと思ってここに来たのだから」

「相談？」

意外そうに繰り返したリドルが、続ける。

「だけど、僕と君は、さして面識はなかったと思うけど」

「ええ」

うなずいたメイが、「でも」と濡れたような美しい瞳でリドルを見つめる。

「貴方は、あの時、科学的な検証などしなくても、私のイカサマを見抜いていたでしょう？」

「え？」

きょとんとしたリドルが、琥珀色の瞳に戸惑いを浮かべて否定した。

「いや。見抜いていないよ」

「そうなの？」

「うん」

「でも、私が『霊が来ている』と言った時、その場に、何の霊も現れていないのはわかっていたはずだわ」

指摘され、少し考えたリドルが、「えっと」と弁明する。

「確かに、僕に感じ取れるような霊はいなかったけど、きっと僕にはわからない霊がいるんだと思っていたから……」

「わからない霊って……」

メイが、まじまじとリドルを見つめる。

「霊の存在を感じ取ることができるのに、私の言っていることがイカサマではなく、見えない霊がいるって思ったの？」

「うん」

「嘘でしょう？」

「嘘じゃないよ。——だって、霊というのは、もともと見えないものだし、それに、君、霊媒師だっていうから、きっとなにか見えるんだろうって」

「単純……」

思わずメイの口をついて出た言葉に対し、ウーリーが横から訂正する。

「それを言うなら、『純粋』と言って欲しいね。リドルは、君たちと違って、あまり人を疑うということをしないんだよ」

「あるいは、あまり考えるということをしないか」

メイの鋭い突っ込みに対し、ウーリーが「それより」と彼女のことを追及する。

「そう言うからには、君こそ、『イカサマ』なんてやっているくせに、実は、霊が見えるんだな？」

「ええ。呼び出したり命令したりすることはできないけど、見えることは見えるの。それで、暗がりの中、リディの瞳だけが宝石のように輝いていたのもわかって——」

その瞬間、トンと、ウーリーが音を立ててワイングラスを置き、警告するように「メイ・テンプルトン」と本名を呼んだ。

「それは——」

「仮《かり》に、リドルに霊視の能力があったとして、君はいったい、彼になにを相談しようとしていたんだ？」

言葉につまった彼女に対し、ウーリーがさらに言う。

「答えられないようなら質問を変えるけど、君と、マダム・エウゲリーノは、どういった間柄《あいだがら》なんだ？」

すると、グラスを持ち上げ、ワインをクイッと一口飲んだメイが、意を決したように口をひらいた。

「彼女は、本名を『ミーナ・テンプルトン』と言って、行方不明になっている私の姉なのよ」

「——お姉さんって、本当に？」

驚いたのは、リドルだけではない。

質問したウーリーもそうだし、そばで粛々《しゅくしゅく》と給仕していたメルヴィも、わずかに目を見開いてメイを眺めやった。

一同の視線を浴びながら、メイが続ける。

「ええ。あれは、間違いなく、姉のミーナだわ」

リドルが訊く。

「でも、行方不明になっていると言ったけど、誘拐《ゆうかい》でもされたとか？」

「ううん」

首を振ったメイが、正直に答える。

「自分から出て行ったの。――とはいえ、自分の意思ではないはずよ。きっと、アイツにそそのかされたんだわ」

「アイツ？」

誰のことかわからずにリドルが訊き返すと、思いつめた表情でテーブルの上の皿を見つめたメイが、やりきれなさのこもった声で答えた。

「私が呼び覚ましてしまった悪魔」

「悪魔――？」

絶句するリドルに対し、ウーリーとメルヴィが密かに視線を交わし合う。互いに、どうも、話がいささか妙なほうに転がっていると思っているのだろう。

ワイングラスを取ったウーリーが、メルヴィに注ぎ足してもらいながら続きを促《うなが》す。

「どうやら、こちらが考えている以上に複雑な事情がありそうだが、良ければ、全部話してみてくれないか。――もしかしたら、力になれるかもしれない」

顔をあげたメイが、目を細めてウーリーを見つめた。その瞳に、ウーリーの姿はどう映《うつ》っているのか。

ややあって、コクリとうなずいたメイが、長い身の上話を始めた。

「私たちが最後に家族全員で住んでいた家はエセックスにあって、父が、巡《めぐ》り巡ってその家を相続した時は、もう、周辺の住民からは『幽霊屋敷』のレッテルを貼られていたの」

「エセックスの『幽霊屋敷』？」

なにか気になることがあるように繰り返したリドルであったが、その場では突っ込まず、話に耳を傾ける。

「どうやら、何代か前の当主が黒魔術にはまり、夜ごと、悪魔を呼び出すための儀式を行っていたところ、ある晩、儀式の最中にいなくなり、それっきり姿を消してしまったのだとかって」

「行方不明ってこと？」

「ええ。――もちろん、昔のことで、実際に、そんな儀式をしていたかどうかはわからないし、何故《なぜ》いなくなったのかもわかっていなかったのだけど、近隣の住民の間では、きっと悪魔に連れ去られたのだろうと噂されるようになって、以来、その家には、悪魔の手先となった先祖の霊が憑《つ》いていると信じられるようになった」

リドルが、興味を引かれたように尋ねる。

「でも、その人、本当にいなくなったのかな？」

「ええ。いなくなったのは、間違いないわ。ただ、真実は、悪魔に連れ去られたのではなく、儀式を行っていた地下の隠し部屋で亡くなっていただけなんだけど」

「亡くなっていたって、そんなこと、どうして、君にわかるんだい？」

ウーリーの質問に対し、メイが「私」と応じる。

「見たのよ」

「見たってなにを?」

「地下の隠し部屋にあった死体を――」

「ほお」

興味深そうに相槌《あいづち》を打ったウーリーの横で、リドルも気だるげな様子で身を乗り出した。

「死体があったんだ?」

「しかも、ミイラよ」

「ミイラ――?」

「ええ。ご先祖様は、そこでミイラになっていて、それを発見した時、私はびっくりして、すぐさま逃げ出したの。――問題は、その時、持ち出してはいけないものを持ち出してしまったらしく、そのせいで、私たち家族は呪《のろ》われてしまった」

後悔の念をにじませて告白したメイを労《いた》わるように眺め、リドルが深い理解を示す。

「なんか、わかる気がする。そういうことって、たまにあるよね。特に、好奇心の塊のような幼年期には多い。ちなみに、バーニーなんかは、知っての通り、いまだに好奇心でなにかをやらかしては後悔しているし」

「そうね。――彼の場合、後悔しているようにも見えないし」

気落ちした中にもどこか呆れた響きをにじませて応じたメイに対し、藪蛇《やぶへび》だったと気づいたリドルが慌てて、「で」と話を進める。

「その、持ち出してはいけないものって？」

メイが、視線をさげて答える。

「私が地下の隠し部屋に入った時、最初は真っ暗で死体があるなんてわからず、ただ、銀色のコインのようなものが、ランタンの光を反射して不思議な輝きを放っているのが見えたの。それで、思わず手に取ってしまった。そのあとで、死体に気づいて、慌てて逃げ出したんだけど、それを持って走り去る私に対し、『置いてけ』って恐ろしい声がかけられて……」

「『置いてけ』か……」

それは、幼い子どもにとっては、心胆寒《しんたん》からしめる恐怖体験であっただろう。

メイが、その時の恐怖を思い出しているかのように、胸の前で祈るように手を組んで「だけど」と話を続ける。

「すでに止まるのも怖くなっていた私は、そのまま、それを持って逃げたの。まさか、それが、両親と一番上の姉の命を奪い、さらに二番目の姉を誘惑して連れ去ってしまうとも思わずに——」

「もしかして」

リドルが、なにか思い出したように確認する。

「その銀色のコインのようなものって、さっき、マダム・エウゲリーノが首からさげていた？」

「ええ」

メイが認めたので、リドルは妙に納得した。

というのも、ウーリーほどではなかったが、リドルも、交霊会の間、ずっと、マダム・エウゲリーノが首からさげていた銀色のコインのようなものが気になって仕方なかったからだ。

「だけど、そうなると」

リドルがつぶやく。

「その銀色のコインのようなものに憑いているのは、なんなんだろう」

その問いは、メイにというよりは、知恵者であるウーリーやメルヴィに向けられたものだった。日頃から、不可解なことや謎めいたことには、たいてい彼らが答えを出してくれる。

案の定、ウーリーが答えた。

「おそらく、術の途中で死んだと考えられる先祖の霊か、でなければ、先祖が呼び出した妖魔の類だろう。——なあ、メルヴィ」

彼のグラスにワインを注ぎ足していた執事に向かい、ウーリーはどこかけしかけるように意見を求めた。

「お前は、この件をどう見る？」

「そうですね」

スッとワインのボトルをテーブルに戻したメルヴィが、恭《うやうや》しく私見を述べた。

「お話を伺っておりました限り、そのものは、テンプルトン家の先祖が呼び出した妖魔と見るのが妥《だ》当《とう》であるかと思われます。おそらく、銀色のコインのようなものは、『封魔鏡《ふうまきょう》』でございましょう」

「『封魔鏡』？」

胡乱《うろん》げにリドルが繰り返したので、「はい」と主人のほうを向き直ったメルヴィが、長々と説明を付け足した。

「呼び出した妖魔を、使い魔とする際に使われる呪具《じゅぐ》でございます。そこに、悪魔や妖魔を封じ込めることで、自分の望みを叶《かな》えてもらい、その代償《だいしょう》として、最終的に己《おのれ》の魂《たましい》を受け渡すのです。――ただ、非常に稀《まれ》なケースとして、願望成就《じょうじゅ》の前に、なんらかの事情で召喚《しょうかん》した人間が亡くなってしまった場合、契約に縛《しば》られている妖魔なり悪魔なりは解放されず、『封魔鏡』の中にとどまる羽目に陥《おちい》ります」

「大変じゃないか」

妖魔や悪魔に同情したように言って、リドルが訊き返す。

「まさか、永遠に、そこに封じ込められてしまうわけではないよね？」

「場合によってはそうなりますが、今回のように、だれか別の人間によって持ち出されると、その妖魔なり悪魔なりは、呪具を手にした者を操ることで人間の魂を手に入れ、かつ、うまくそこから解放されることもあり得るでしょう」

「どうやって？」

「もちろん、悪魔の本性そのままに、持ち主を騙して手伝わせるのですよ」

そこで、漆黒の瞳をメイに向けたメルヴィが、気の毒そうな口調で続けた。

「私が聞きましたところでは、マダム・エウゲリーノに霊視をしてもらった人間は、召喚された故人の霊が告げたメッセージに従うことで、最終的には命を落とすことになるそうです」

「命を落とす？」

　横から尋ねたリドルに答え、メルヴィがさらに説明する。

「はい。例をあげますと、召喚された先祖の霊に、家に隠された財宝の在り処《ありか》を尋ねた男は、その財宝を見つけたとたん、崩れてきた天井《てんじょう》の下敷きとなって亡くなられたそうで、他にも、願いを叶えたあと、なんらかの事情で亡くなった方は大勢いるようです」

「ええ、そうよ」

　どうやら、すでに知っているらしく、メイは暗い表情で認める。

「その話に、間違いはないわ」

「それって、みんな、悪魔に魂を取られたってこと？」

「でしょうね」

「そのようにお考えいただいてよろしいかと――」

　メイに続き、慇懃に認めた執事をまじまじと見て、リドルが困ったように言う。

「それはまずいね。なんとかしないと」

　とたん、メイが勢いづいて頬を紅潮させる。

「でしょう⁉　だから、アイツを何とかして、ミーナをアイツから解放してやりたいの！」

「うん。絶対にそうすべきだ」

　賛同したリドルだが、メイがすぐに「でも」と無念そうにうなだれる。

「そのためには、あの銀色のコインのようなもの――『封魔鏡』？――が必要だと思うのに、結局、奪い取れなくて」

「ああ、そうか」

　そこで、リドルも一緒になってうなだれた。同時に、今の話を先に知っていたなら、あの騒ぎの中、案山子《かかし》のように突っ立っていないで、なにかできたかもしれないと後悔の念が湧き起こる。

　すると、そんなリドルを労わるように見て、メルヴィが申し出た。

「僭越《せんえつ》ながら申し上げると、『封魔鏡』がなくても、なんとかなるかもしれません。要は、テンプルトン家のご先祖様——ちなみに、お名前は、なんとおっしゃるのでしょう?」

「ウィリアムよ。ウィリアム・テンプルトン」

「では、そのウィリアム様が取引の条件とした望みを叶えることができましたら、召喚された悪魔を『封魔鏡』に縛り付けておく制約もなくなりますので、その悪魔を『封魔鏡』から引きはがすことも可能となりましょう。その際、ぜひとも知っておきたいのは、召喚された悪魔の正体であるわけですが、テンプルトン様は、この中で、唯一《ゆいいつ》、『封魔鏡』を近くでご覧になっていらっしゃいますね?」

「ええ、まあ」

「では、それについて、なにか、特徴《とくちょう》のようなものはご記憶ではございませんか?」

「特徴?」

「はい。記号のようなものが彫り込まれていたとか、数字やアルファベットが書いてあったというようなことですが」

「記号ねえ」

そこで、少し考え込んだメイが、「そういえば」と思い出す。

「表面に、針で傷でもつけたような細い線で、絵が描かれていたわ」

「それは、具体的にどのような形のものでございましたか?」

「盛り土の上の十字架」

「なるほど。カルヴァリ十字が描かれていましたか」

メルヴィが、得心したように深くうなずいた。その様子からして、なにやら心当たりがあるらしい。

本当に、なんでも知っている執事である。

それからしばらくして、食後のコーヒーを出し終わったメルヴィが、「リドル様」と申し出る。

「夜も更《ふ》けて参《まい》りましたので、テンプルトン様には一度お引き取りいただき、後日、改めて、お話の続きをすることにしてはいかがでしょう?」

「ああ、そうだね」

「それで、差し支えなければ、エルズプレイス伯の馬車でお送りいただければと」

ウーリーが、片眉をあげてメルヴィを見る。

「本気か?」

「はい」

「つまり、僕の手助けは、これ以上必要ないと?」

「そうですね。貴方様が、名高きウーリー家を興《おこ》したとされる大天使ウリエル様であればともかく、ウーリー卿にお頼みできることは、これ以上はないかと思われますので、お引き止めする理由はございません」

「ほお」

言い方は丁寧《ていねい》であるが、「役立たずは、帰れ」と言われたようなものである。短い応答の間に、ウーリーのアイスブルーの瞳とメルヴィの漆黒の瞳が絡み合い、軽い火花を散らした。

ややあって、ウーリーが優雅に腰をあげる。

「わかった。我らが優秀な執事《しつじ》がそう言ってくれているので、そろそろ失礼するとしよう。お休み、リドル」

「お休み、エル。——あ、よければ、明日の昼食も一緒にどうかな？」

「いいね。僕も、今は忙しくないから」

「よかった。——ほら、バーニーが、ワイト島に行ってしまっているせいで、すごくヒマなんだ」

言ってから、「ああ、いや」と訂正する。

「実は行ってなくて、ようやく昨日発《た》ったようだけど、いったいなにをグズグズしていたんだか」

それに対し、その情報をもたらしてくれたメイが横から答えた。

「わからないけど、お友だちのような方と一緒だったわ。二人して、大きな荷物を運んでいて」

「友だち？」

リドルが、意外そうに首をかしげる。

「誰だろう？」

「さあねえ。紹介はなかったけど、ずんぐりした体で懐中時計を見ている姿が、『不思議の国のアリス』

に出てくる白ウサギみたいだったのは覚えているわ」

「ああ、それなら、トッティだ」

リドルがあげた名前に反応し、ウーリーが言う。

「トッティと言うと、トットナムウッドか。――そういえば、彼、ミイラを発見したとかって新聞に出ていたな」

「そうそう」

リドルがうなずく前で、メイが「あれが⁉」と驚いたように言った。

「まさか、あれが、トットナムウッド氏だったなんて……。それって、どういうことかしら」

混乱する頭を整理するようにぶつぶつとつぶやいたメイに、リドルが訊き返す。

「なに、メイ。トッティがどうかした？」

「いえ……」

戸惑った目でリドルを見あげたメイが、訊き返す。

「もしかして、二人は、トットナムウッド氏とも知り合いなの？」

「そうだよ。パブリック・スクール時代からの友人なんだ。もちろん、バーニーもね」

ウーリーが、つまらなそうにあとを引き取る。

「大きな荷物を運んでいたのなら、バーナードのことだ、おそらく、トットナムウッドがミイラを手に入れたと知って、ついでに、それで一儲《ひともう》けしてくるつもりなんだろう。――なんといっても、現在のワイト島にはヒマと金を持て余したカモがわんさといるからな」

「まさか！」

メイが、心底びっくりしたように口元に手を当てて目を丸くした。

「それ、本気で言っているの？」

「ああ。――というより、あの男の性格を考えたら、まあ、本気と言わざるを得ないだろうね」

「だけど、それって、死者に対する冒瀆《ぼうとく》だわ！」

「たしかにそうだが」

白皙《はくせき》の面《おもて》で苦笑いし、ウーリーが肩をすくめて続ける。

「バーナードの身体には、良識に繋《つな》がるような細やかな神経というのは通っていないからな」

非情な言葉に対し、友人の名誉のためになんとか反論したかったリドルだが、結局反論できずに話の矛先《ほこさき》を変えた。

「……そういえば、トッティがミイラを見つけたのも、エセックスにある『幽霊屋敷』だったそうだけど、もしかして、それって、かつて君たちが住んでいた家のことなんだろうか？」

「ええ、そうね。そうだと思う」

「ということは、バーニーたちが衆人環視《しゅうじんかんし》にさらそうとしているのは、君のご先祖様？」

「当然、そうなるわね」

うなずいたメイが、拳《こぶし》を握りしめて言う。

「だからこそ、よけいに腹が立つ！　あの節操無し！」

そんなメイをなだめつつ、その場は、ひとまずお開きとなった。

5

その夜。

人々が寝静まった真夜中過ぎに、ケンジントンにあるモルダー邸の地下室では、蠟燭の明かりのもと、一人の男が黒いマントを羽織って細長い台の前に立ち、なにやら儀式めいたことを行っていた。

揺らめく炎に浮かびあがる顔は、言わずとも知れた、この家の執事であるメルヴィだ。かつては、「大魔法使いマーリン」として恐れられた稀代《きたい》の魔術師は、まず降霊術で死者を呼び覚ますことから始める。

銀の盆の上に置いてあるのは、蜂蜜色をした一本の髪。

先ほど、メイの肩についていたものを、さり気なく採取しておいたのだ。

口中で呪文を唱《とな》えながら銀の盆に蠟燭の炎を近づけたメルヴィは、一瞬にして燃え上がった髪の残《ざん》骸《がい》を、水を張った盥《たらい》の中に落として告げる。

「来《きた》れ、亡者よ。この世に約定《やくじょう》を残したまま、彼方へと去った者よ。来りて、その望みを我に告げよ。さすれば、大天使の裁きにより、汝の魂を解放せしめん。血の導きにより、灰の中より現れ出《い》でよ。ベラルド　ベロアルド　バルビン　ガボル　アガバ」

と――。

呪文の途中から、それまで平らかだった盥の水が徐々にピチャピチャと波立ち、次第に左回りの渦《うず》を巻き始めた。
さらにしばらくすると、渦の中心部からブワッと水柱が立ち上がり、それが宙で静止してうっすらと人の形を取った。
同時に、地の底から響くような声がする。

我を呼ぶ者は、誰か？

「汝《なんじ》の名は？」

我が名は、ウィリアム・テンプルトン。

漆黒の瞳を細めてうなずいたメルヴィが、質問する。
「ならば、ウィリアム・テンプルトンに問う。汝が悪魔と契約し、叶えようとした望みとは？」

望み……。

そこで、しばし苦しげにもがいた亡者が、やがて絞り出すように答えた。

我が望みは、テラ……メ……トン。

とたん、それまで穏やかだったメルヴィの表情が、スッと硬いものへと変わった。

「テラメトン……？」

つぶやいたメルヴィが、厳しく問う。

「真《まこと》か？」

そうだ。我が望みは、テラメ……トン。

揺るぎない口調で答えた相手を見据え、メルヴィはしばし考える。

ややあって、訊いた。

「汝は、それをどうしたいのか？」

すると、大きくしなった亡者が、しわがれた声で言う。

テラ……メトンは、天界の秘宝。ゆえに、手に入れた者は、すべてを支配できるという。私は、それを手に入れて、この世のすべての謎を解き明かすのだ——。

「……なるほど。そういうことか」

理解して黙り込んだメルヴィが、さらに考えに浸《ひた》りながらひとりごちる。

「これは、少々厄介な。どうすべきなのか。——とはいえ、やはり、ここはひとまず、荒療治するしかないか」

悩みつつも手早く方向性を決めると、亡者のほうを見て、淡々と告げた。

「残念だが、ウィリアム・テンプルトン。『テラメトン』は汝が想像するようなものではない。よって、汝の願いは永遠に叶わぬ」

非情な宣告がなされたとたん——。


おおおおおお……。


絶望に満ちたうめき声とともに、狭《せま》い部屋の中で、棚に眠るワインボトルが一斉《いっせい》にカタカタと震えだした。それは、次第に激しさを増していき、今にも棚より転げ落ちそうになる。

その様子を横目に見ながら、稀代の魔術師は、やはり淡々と続ける。

「案ずるな。代わりに、そなたの魂を、今の苦しみより解放して進ぜよう」

言うなり、すっと右手をあげ、宙になにかの形を描きながら彼は朗々と唱える。

「我、古《いにしえ》の大魔法使いマーリンが命ず。来れ、大天使ウリエル。神の炎《ほのお》であり地球の守護者、気高《けだか》き魂の持ち主である守護天使ウリエルよ。来りて、我が願いを聞き届けよ。未練を残してさまよいし魂を、天界の導きにより再び新しく生まれ変わらせ給《たま》え！　シラス　エタル　ベサナル！」

次の瞬間。

パアアアアッと真っ白い閃光《せんこう》が室内に広がり、輝きの中からスッと伸びた腕が、亡者を象《かたど》る水柱を断ち切るように真ん中で握りしめた。とたん、生命の息吹《いぶき》を失ったようにその場で崩れた水柱が、バシャッと音を立てて床に広がる。

とっさに避けたメルヴィが顔をあげると、目の前の空間に、それまで存在していなかった大天使ウリエルが、右手を握り込んだ姿で立っていた。

波打つ白金髪《プラチナブロンド》。

全身から放たれるまばゆい輝き。

神気にあふれた大天使は、だが、超越者にあるまじき仏頂面《ぶっちょうづら》で文句を言う。

「メルヴィ。——いや、『大魔法使いマーリン』というべきか。どっちでもいいが、そなた、本気で、魔界の臭《にお》いがぷんぷんするこの薄汚《うすよご》れた魂を、浄化の段階も経《へ》させずに、天界にある生命の泉に返せというのか？」

「はい。たしかに、そのように命じさせていただきました」

「はっ。また、いけしゃあしゃあと難儀な注文を寄こすが、まず、なにゆえ、そのような天の法則に背《そむ》く逸脱《いつだつ》したことをせねばならぬ？」

慇懃さの中にも、どこか無礼な色をにじませる相手をアイスブルーの瞳で鋭く睨みつけながら、ウリエルは「これは」と手の中のものを示して付け足した。

「例のテンプルトン家の先祖の魂だろう。——なぜ、当初の予定通り、悪魔との契約で果たせなかった望みを叶え、この世の未練から切り離さない？」

不審そうな大天使に対し、メルヴィは臆《おく》した様子もなく答える。

「その者の願いが分不相応過ぎて、どうあっても聞き届けられることはないと判断し、大天使ウリエル様の名の下に、強制的に魂の洗浄を行っていただくことにしたからでございます」

「聞き届けられることはない？」

訝《いぶか》しげに繰り返したウリエルが、真意を探るようにメルヴィを見た。

「それは、いったい、どんな望みだ？」

「――テラメトン」

一言投げ出された言葉を聞いた瞬間、大天使の宝石のような瞳がスッと細められる。

「ほお。――それは、たしかに、なかなか厄介な」

先ほどのメルヴィと同じ感想を口にした大天使が、それまでの主張から一変、「だとしたら、仕方ない」と不承不承承諾《しょうだく》する。

「比類なき『大魔法使いマーリン』、そなたの用命、このウリエルがしかと聞き入れた」

「ありがとうございます」

慇懃に頭をさげたメルヴィに向かい、ウリエルが、「――それで？」と手に握り込んだ魂を振りながら続ける。

「こやつの魂を約定より解放したとして、もう片方の始末はどうつけるつもりだ？」

「そのことでしたら、ご心配には及びません」

「心配はしていないが、どうするつもりか聞いておきたいから訊ねている。なにせ、ことは『テラメトン』――、引いては天上界全体の問題にかかわってくるのだからな。一介の魔術師風情《ふぜい》にすべてを委《ゆだ》ねるわけには……」

「――地球も」

大胆《だいたん》にも、言っているそばから大天使の話を遮《さえぎ》る形で口を挟んだメルヴィが、「なに？」と訊き返した相手に向かい、静かに告げた。

「地球も……でございます、ウリエル様。この青き星の運命も左右することでございますれば、慎《しん》重《ちょう》を期するに越したことはありませんが、とはいえ、今回については、特に案ずる必要はないと申し上げることはできるかと思います」

「そうなのか？」

「はい」

「なぜ、そう言い切れる？」

「なぜと申しまして」

メルヴィが、人さし指を立てて応じる。

「テンプルトン家の先祖が契約を交わした悪魔が『カルヴァリ十字』を印に持つのだとしたら、それは、死者との取り次ぎを得意とする小さき魔神ガミュギュンにほかならず、『テラメトン』はもとより、天上界の情報に通じているということは、まずありえないからでございます」

「なるほど。ガミュギュンか。――だが、魔界に送り返せば、そこで、あれこれ吹聴して回る恐れがある。あれでも一応、侯爵だしな。もし、魔界の四大実力者たちが『テラメトン』のことを聞きつければ、必ずや、食いついてくるぞ」

「もちろん」

心得たように、メルヴィはうなずいた。

「さようなことも十分考えられますゆえ、まずは、魔神ガミュギュンには『忘却の河《レーテー》』の水を飲ませてから、魔界へと送り返したいと思っております」

「ほう。――つまり、お前にとっては、すべて了解済みか」

「そうですね」

「そこまで言うなら、我が手は必要なさそうだな」

「はい。この程度の相手であれば、私一人で十分」

「……この程度の相手、か」

ウリエルが、「まったく」と大仰《おおぎょう》に溜息をつく。

「魔界の侯爵を捕まえて『この程度の相手』とは、よく言ったものだ。さすが、『名高き大魔法使いマーリン』といえよう。――正直、お前のその小面憎《こづらにく》いまでの自信がいったいどこから来るものなのか、本気で知りたいと思うよ」

「恐れいります」

「別に、褒めたわけではないが、もしや、そなた、ミカエルの弱みでも握っているのか?」

同じ大天使の名前をあげたウリエルに対し、メルヴィは能面のような無表情で「まさか」とやんわり否定する。

「ミカエル様は、私のような勤勉な人間をこよなく愛する方であれば、その恩寵として、常日頃からお目にかけていただいているだけで、言うなればご慈悲《じひ》でございます。――ああ、もちろん」

そこで、しれっとつけ加える。

「ウリエル様にも、いつもよくしていただいて」

そのあまりの白々しさに上を向いて呆《あき》れたウリエルが、それでも最終的には、「ならば」と言って背を向けた。

「こちらから言うことは、もうない。とっとと片づけろ」

「御意《ぎょい》」

大天使が消えたあとのひっそりとした空間に一人立ったメルヴィは、細長い机の上にあった蠟燭を持ち上げると、床に描かれた魔法円の前に移動し、その円周上に置かれた小さな蠟燭に火を灯しながら唱え始めた。

「東、西、南、北。四方を守りし精霊たちに告ぐ。この世の約定より解き放たれし魔界の者を直《ただ》ちに呼び寄せ、我が支配下に配置せよ。シラス　エタル　ベサナル」

とたん。

メルヴィが手にする燭台《しょくだい》の上で、それまで静かだった蠟燭の炎が大きく横に揺らいだ。同時に、吐く息が白くなるほど室内の温度が急激にさがり、ややあって、その場に、この世の者ならぬなにかが姿を現す。

魔界の侯爵である魔神ガミュギュンの到来だ。

おぞましい気を放ちながら揺らいだ闇が、徐々に魔物の姿を象っていく。

「来たか……」

つぶやきながら挑戦的な笑みを浮かべたメルヴィが、右手の人さし指と中指を立てて唇に当て、小さく呪文を唱える。

「イョ　ザティ　ザティ　アバティ　イョ　ザティ　ザティ　アバティ　イョ　ザティ　ザティ　アバティ」

呪文を繰り返すうち、漆黒の瞳は人間とは思えない輝きを帯び始め、濡れ羽色の髪がふわりと逆立つ。

と――。

メルヴィから流れてくる気に脅威を覚えたのか、暗がりで形を取りつつある魔物が、ブルッと奮い立つように揺らめき、空間を揺さぶった。

それに伴い、彼らのまわりで空気が左回りの渦を巻く。

緊迫する空間。

だが、メルヴィは動ぜず、朗々と宣言した。

「四大天使の名にかけて、大魔法使いマーリンが命ずる。解き放たれし魔神よ、即刻立ち去れ！　そして、ここで見聞きしたことは、忘却の河に流し去れ！　お前の住処は、後にも先にも地獄の底のみ！」

言うなり、唇に当てていた指先を、今やはっきりと形を成した魔物に向かって、刃のように突き付けた。

とたん。

メルヴィの指先からほとばしった真っ白い閃光が、闇に凝《こご》った魔物を一瞬で引き裂いた。

形を留《とど》められずに、一旦《いったん》霧散する魔。

それを皮切りに、ワインのボトルに囲まれた空間で、現実離れした攻防戦が繰り広げられる。

だが、階上で眠るこの家の主人を始め、ほとんどの人間はそのことを知るよしもなく、霧がかったロンドンの夜はゆっくりと更けていった。

6

翌々日。

ケンジントンにあるモルダー邸を、友人たちが五月雨《さみだれ》式に訪れた。

まずやってきたのは、一昨日、昨日に引き続き、昼食の約束をしていたウーリーで、約束通り、正午をちょっと過ぎた頃に姿を現した。

リドルとウーリーが、メルヴィに給仕されながら食堂で温《あたた》かい料理を口に運んでいると、頭上で呼び鈴が鳴り、ワインの瓶《びん》を置いたメルヴィが応対のために部屋を出て行く。

しばらくして戻ってきたメルヴィが、「リドル様」と問いかけた。

「階下に、ミス・テンプルトンがいらしていますが、いかがいたしましょう。こちらにお通ししてもよろしいでしょうか?」

「メイが?」

意外そうにウーリーと目を見交わしたリドルが、相変わらず気だるそうに応じる。

「ああ、うん、通していいよ」

「かしこまりました。――ちなみに、お連れの方がいらっしゃいますが、そちらもご一緒によろしいでしょうか?」

「連れ?」

よくわからなかったリドルであるが、あれこれ尋ねるのが面倒くさくて、「いいよ」とあっさり答える。

それを受け、メルヴィが再び部屋を出て行き、今度は二人の女性を伴《ともな》って戻ってくる。

一人はメイ・テンプルトンで、今日も蜂蜜色をした髪がまばゆく輝いている。

それに対し、連れの女性はというと、年の頃は、メイと同じか、それより少し上くらいで、髪の色は、メイよりもずっと黒ずんだ黄褐色《おうかっしょく》であった。

だが、メイに劣《おと》らず美人で、二人並ぶと、まさに絵画にでも描きたくなるような魅力を放っていた。

「こんにちは、リディ」

「やあ」

「それと、こんにちは、エルズプレイス伯」

相変わらず、「エリオットでいい」と気さくには申し出ないウーリーが、「どうも、ミス・テンプルトン」と言いながら、鋭い視線を連れの女性に向けた。

「それで、そちらの女性は？」

「彼女は、私の姉のミーナ・テンプルトンよ」

「姉――」

そこから類推される事実を、ウーリーが指摘する。

「つまり、この女性が、今を時めく売れっ子霊媒師の『マダム・エウゲリーノ』ということか」

「ええ、そう。――もっとも、もう足を洗ったので、売れっ子霊媒師ではないけど」

言われてみれば、外観はまったく違っているが、背格好や仕草が、先日、暗がりで見た『マダム・エウゲリーノ』にそっくりである。

フォークを置いたリドルが、嬉しそうに声をあげる。

「それなら、無事に取り戻せたんだ？」

「おかげさまで」

「でも、どうやって？」

なにも知らないリドルが無邪気に尋ねると、メイのほうでも不思議そうに答えた。

「それが、びっくりなんだけど、姉のほうから、私のことを捜し当てて訪ねてきてくれたの」

「へえ」

意外そうに目を見開き、リドルはメイの横に立っているミーナに視線をやった。

メイが、話を続ける。

「なんでも、一昨日の夜、部屋で寝ていたら、突然、胸元にさげていた例の銀色のコインのようなものが弾け飛んだそうなのよ。以来、なにか、自分を覆い尽くしていた靄《もや》のようなものが晴れて頭がすっきりしたらしく、それから、ふいに私のことを捜さなくちゃって、思い立ったらしいの」

「でも、だからといって、よく見つけられたね。しかも、こんな短期間で」

住所も知らないような相手を見つけるのは、このロンドンでは難し過ぎる課題だ。

リドルが、ふと思いついたように「あ、まさか」と付け足した。

「交霊術で探り当てたとか？」

「いいえ」

メイがミーナと顔を見合わせながら応じる。

「残念ながら、今のミーナには、以前のような力は備わっていないの」

「というより」

ミーナが初めて口を開いた。

「以前から、私自身にそんな力はなく、ただ、どこからともなく現れた精霊が、死者との間に立ってくれていただけなの。でも、どうやら、銀色のコインのようなものが弾けた瞬間に、その霊は消えてしまったみたいで、いくら呼んでも、まったく答えてくれなくなってしまったわ」

そう言う口調はどこか淋《さみ》しげであったが、かといって、すごく残念がっているというものでもなかった。おそらく、それがあまりいいものではないのを、彼女自身、知っているのだろう。

ウーリーがチラッとメルヴィを見やるが、完璧《かんぺき》な執事は、己の功績のことなど微塵《みじん》も意識している様子は無く、静かに給仕を続けている。

リドルが言った。

「でも、だとしたら、本当によく見つけられたね？」

「そうなんだけど、この前の交霊会で、ミーナのほうでも私を見かけていたから、知り合いに片《かた》っ端《ぱし》から聞いてまわって、『レディ・テンプルトン』として働いている私のことを、見事、捜し当ててくれたってわけ」

「なるほど」

「これぞ、愛だわ」

「そうだね」

「姉妹愛よ」

「うん」

素直に認めたリドルが、続ける。

「それで、二人はこれからどうするつもり？」

「さあ」

再び顔を見合わせてから、メイが答える。

「わからないけど、二人で力を合わせればどうにかなるだろうし、せっかく二人ともその道で稼《かせ》いでいたのだから、いっそのこと、『レディ・テンプルトンズ』として、マジックショーでも開こうかと考えているところよ」

「へえ」

楽しそうに話を聞いているリドルとは対照的に、厳《きび》しい表情のままのウーリーが、「それはそうと、ミーナ」と姉のほうに向かって尋ねた。

「いや、今はあえて『マダム・エウゲリーノ』と呼ばせてもらうが、君とヴァントラス男爵の関係はどういったものなんだ?」

ミーナが、意外そうにウーリーを見る。

「彼とお知り合いなんですか?」

「知り合いではない。単に名前を聞いているだけなんだが、ちょっと興味があってね」

リドルが、琥珀色の瞳でもの問いたげに友人を見る。ヴァントラス男爵のことは、彼なりに気になっているからだ。

ミーナが、「そうですか」と考えに浸りながら答えた。

「ヴァントラス男爵は、私を、パリの売春宿から救い出してくださいました。私の能力を知って、新しいもの好きの社交界に連れ出してくださったんです。だから、とても感謝しているんですけど……」

そこで、続きを言い淀《よど》んだミーナに、ウーリーが切り込む。

「けど?」

「ああ、いえ。恩人のことをこんな風に言うのもなんですが、正直、ちょっと得体が知れない人だったから。……というのも、あの方は、私ではなく、私の導き手である霊に対して話しかけることが多く、その殆《ほとん》どが、知らない国の言葉でした。それに、時々、ズルをしていたし」

「ズル？」

「ええ。──例えば、ちょっと前にいらした方は、まだお若いのに、早くに母親を亡くされていたみたいで、死因を知りたがっていたんです。そうしたら、その方に対し、実際は、ただの病死だったにもかかわらず、彼の母親は、彼の父親である夫に毒を盛られて殺されたと思わせたりして」

「なんのために？」

「わかりません。──ただ、そういう恐ろしい一面のある方だったので、心から親しめなかったのは確かです」

「だとしたら」

リドルが、気だるげに口を挟んだ。

「僕の父のことも？」

ミーナが、リドルのほうを見て、不思議そうに「父？」と訊き返した。

「そうです。この前の交霊会で、メイが飛びかかる直前、貴女は、紅茶色がどうのこうのと言って、その人物の父親に危険が迫っているというようなことを告げていたでしょう」

「そうよ、ミーナ」

メイが、横から文句ありげに強調する。

「貴女、確かに言っていたわよ」

「ああ」

思い出したらしいミーナが、気遣わしげな表情になって応じる。

「あれは、本当です。本当に、誰かが何かを警告していたんです。……もっとも、今思えば、それも、私を導く霊が見せた幻《まぼろし》だったのかもしれませんけど」

そう言って、ミーナが悲しそうに溜息をついた時、再び、頭上でベルがなり、新たな来客を知らせた。

流れるような動作で部屋を出て行ったメルヴィが、しばらくして戻ってきたところで告げる。

「リドル様。階下にバーナード様が――」

だが、みなまで言う前に、廊下のほうから騒がしい声が聞こえてきた。

「ちょっと、バーニー、駄目だって。メルヴィは、下で待っていろって――」

「うるさいな。だから、客人のお前は、言われた通り、大人しく待ってればいいだろう、トットナムウッド。だが、俺は、違う。俺は、案内なく勝手にあがっていいんだ」

「なんで？」

「そりゃ、ここはリディの家であり、ってことは、俺の家でもあるからだ」

「またそんな」

たしかに、「またそんな」と言いたくなるような勝手な言い分である。

部屋にいた人間の多くも他人事《ひとごと》ながら大いに同意を示し、それぞれ憤懣《ふんまん》を顕わにする。

ただ一人、当のリドルを除いては――。

「とにかく、俺は、腹が減っているんだ」

その言葉とともに大きくドアが開き、懐かしきバーナード・ブランズウィックが、主人の許可なく部屋に入って来た。

「やあ、リ――」

「バーニー。もう帰って来たんだ？」

迎えたリドルが、気だるげに続ける。

「この早さだと、向こうで椅子を温めているヒマもなかったんじゃない？」

天然の皮肉に対し、「やあ、リディ」と言いかけた口のまま静止していたバーナードが、近づいてきたリドルの胸ぐらをグッとつかんで文句を言った。

「――って、おい、リディ。のん気に挨拶《あいさつ》している場合か。これは、いったいどういう仕打ちだ？」

「仕打ち？」

「そうだよ」

「仕打ちって……」

わけがわからずにいるリドルの背後で、メルヴィが静かにバーナードをたしなめる。

「バーナード様。乱暴な振る舞いはご遠慮ください」

だが、聞く耳を持たないバーナードは、さらにリドルに顔を近づけてのたまう。

「まったく、お前ってやつは、いつから、そんな薄情な人間になったんだ？」

「僕が、薄情？」

「そうだよ。なんたって、俺がワイト島で大変な目に遭っている間に、こんな風に美女をはべらせてお楽しみだったわけだろう。――ちょっとは、俺のことを可哀《かわい》そうとか思わなかったのか？」

「……えっと」

リドルが、バーナードの顔が近づいた分だけのけぞりながら考える。

「たまに、どうしているかな……くらいは思ったけど、可哀そうとは思わなかった。こっちはこっちで、忙しかったし」

「だろうな。こんな美女を二人も相手にしていたら、そりゃ、さぞかし忙しかっただろう」

「別に、美女を相手にしていたわけでは」

「つまり、彼女たちは美女ではないと？」

「そんなことは言ってないよ。そうじゃなく――」

抗弁しつつも、リドルは次第に答えるのが面倒くさくなってきて、説明を放棄《ほうき》しかけてしまう。

すると、読んでいた新聞をバサッと置いたウーリーが、「バーナード」と威厳《いげん》のある声で呼び、友人の代わりに相手を引き受ける。

「いい加減、リドルを放せ。でないと、つまみ出すぞ」

「なんだ、ウーリー、いたのか。あまりに高いところからものを言うもんだから、目に入らなかったよ」

そんな嫌味を言いつつも、リドルから手を放したバーナードが、手近な椅子を引いて、いけしゃあしゃあと注文する。

「それはそうと、メルヴィ。俺に紅茶を頼む。ミルクたっぷりで、それと、ミートパイでもなんでも、この家にある食べ物は全部持って来てくれないか」

それに対し、メルヴィは黙って主人を見やり、その顔が縦に動くのを確認してから、「かしこまりました」と言って動き出す。

正直、リドルがうなずくのはわかっているのだが、主人面《づら》するバーナードの命令に直接従うわけではないということを態度で示したいがために、いちいち、そうやってリドルの許可を取るようにしているのだ。

メルヴィが静かに出て行ったあと、リドルが、まだ立ちっぱなしだったトットナムウッドを昼食に誘った。

「トッティも、良かったら一緒に」

「あ、うん、ありがとう」

応じたトットナムウッドだが、その視線は友人のリドルを通り越し、ようやく席に着こうとしていたメイとミーナのテンプルトン姉妹に向けられている。

気づいたリドルが、二人を紹介した。

「ああ、トッティ。こちらは、メイとミーナだよ」

トットナムウッドが、どぎまぎしながら応じる。

「あ、えっと、初めまして。ロバート・トットナムウッドです」

「どうも。たしかに『初めまして』ではあるけど、先日、駅でちょっとだけお目にかかりましたよね」

「ええまあ」

「メイ・テンプルトンです。――こっちは、姉のミーナ」

すると、トットナムウッドが、意外そうに訊き返した。

「テンプルトン？」

「そうよ」

「テンプルトンっていうと――」

自信なさげに確認しようとしたトットナムウッドに対し、再び新聞に目を落としていたウーリーが、顔をあげずに淡々と事実を伝えた。

「君の考えている通りだよ、トットナムウッド。二人は、君の遠縁にあたるテンプルトン家の子孫だ」

「やっぱり、そうなんだ？」

トットナムウッドが納得する横で、リドルが遅まきながら思い出す。

「あ、そうだった。――それで、トッティに聞きたかったんだけど、エセックスの『幽霊屋敷』から出たというミイラって」

だが、その時、リドルの言葉を押しやるように、バーナードが「その話は」と片手を振って遮った。

「止《や》めてくれないか、リディ。胸クソが悪くなる」

「なんで？」

「散々な目に遭ったからだ」

「散々な目？」

繰り返したリドルが、尋ねる。

「散々な目って？」

「だから、思い出すのもムカつくんだが、こっちが、苦労してお膳立《ぜんだ》てを整えたというのに、いざ、紳士淑女の前でお披露目《ひろめ》という時になって、あのミイラは、こともあろうに、グズグズと崩れ出したんだよ」

「……グズグズと崩れ出した？」

状況を生々しく思い描いてしまい、眉をひそめて気味悪がるリドルに、バーナードが、想像力をさらに刺激するような表現を付け加える。

「そう。グッチャグッチャのドッロドロ、だ。——あれは、まさに、地獄の亡者のような有様《ありさま》だったな」

トットナムウッドが、「うん」とうなずく。

「本当に怖かった。それで、思ったんだけど、きっと、ご先祖様を粗末にしたために、罰《ばち》が当たったんだよ」

「バカ言え」

バーナードが、即座に否定する。

「こちとら、その辺に葬《ほうむ》り去《さ》られる運命にあった遺体を、価値あるものに変えてやろうとしていたんだぞ。それのどこが罰当たりなんだ？」

そういうバーナードの存在自体が、すでに罰当たりだ——というのが、そこにいる全員の一致した見解であったが、誰も口に出しては言わなかった。

代わりに、リドルが訊いた。

「それなら、ミイラは、ミイラではなくなったんだね？」

「そう。ただの骨と皮だけに成り果てた」

一片の罪悪感もなく答えたバーナードの横で、トットナムウッドが身体を丸めて小さく応じる。

「もちろん、きちんと埋葬《まいそう》することに決めて、大切に持って帰ってきたけど」

とたん、メイが嬉しそうに声をあげた。

「埋葬するの？」

「うん。どうせなら、彼の故郷であるエセックスの教会に埋葬しようと思っているんだ」

そこで、トットナムウッドが、少し身体を伸ばして訊いた。

「――もしよかったら、君たちも一緒に」

「いいの？」

「もちろん。ご先祖様も喜ぶだろう」

「ありがとう」

美人姉妹から感謝の意を示されて赤くなったトットナムウッドが、「それと」と付け足す。

「結局、あの家の処分は僕に任されることになったんだけど、君たちがテンプルトン家の子孫なら、おそらく君たちに相続する権利があると思うから、父と相談してみるよ。――もちろん、君たちに相続する気があればだけど」

そこで、肩をすくめたトットナムウッドが「なにせ」と続ける。

「あの家は、『幽霊屋敷』として知れ渡り過ぎてしまっていて、まったく買い手がつかない物件なんだ。

だから、そこに住むか、いっそのこと、『幽霊屋敷』として見世物にでも使うしかないという厄介なものなんだよ」

「それなら、そこに住んで、なおかつ、『幽霊屋敷』としてマジックショーでもすればいいわ」

メイの言葉に、ミーナが「ああ、それ、いいわね」と賛同する。

その時、バーナードが、ふと思い出したように言った。

「幽霊といえば、リディ。向こうで、久しぶりにお前の兄ちゃんを見かけたぞ」

「え、スティーブンを？」

メイたちの話を興味深そうに聞いていたリドルが、その言葉に驚いてバーナードを見る。

「ああ。お前の親父さんの部屋から出て行くのを見たんだ。それこそ、幽霊のように青白い顔をしてね。——ほら、俺も、彼らも、ブランズウィック家の別荘に身を寄せていたから、見ることができたんだ。別に、お前の親父さんの部屋に用があったわけじゃない」

どこか言い訳がましく付け足したバーナードだが、リドルはスティーブンのことで頭がいっぱいだったため、気になる話題のほうを掘り下げた。

「それ、本当に、スティーブンだった？」

「間違いない。——このところ、見かけないという噂を聞いていたけど、そんなこともなかったってわけだ」

「……そっか」

ふだん、いい加減で適当な言動ばかりしているバーナードだが、これで結構目は良いほうで、特に、人の顔を見分けるのは得意だった。そうでないと、なかなかうまい汁を吸えないからだろう。

リドルが、考えに沈み込みながらつぶやく。

「スティーブンが、ワイト島に」

父親の部屋から出て来たというのであれば、おそらく父親との対面を果たしたのだろう。

息子の動向を気に懸《か》けていた父親のことを思えば、喜ばしい状況であるはずなのに、なぜか、リドルの心は晴れなかった。

それよりむしろ、嫌な予感が押し寄せる。

(なにかが――)

リドルは思う。

(なにかが、変な気がする)

そう考えるリドルの脳裏に、交霊会での予言が蘇る。


急がないと、その方のお父さまに死が――。


今はミーナに戻った「マダム・エウゲリーノ」の予言。

悩ましげに考え込むリドルを、ウーリーが向かいの席から見守っていると、三度《みたび》、頭上でベルが鳴った。

おそらく、ここにいないメルヴィが応対に出たはずで、案の定、ほどなくして、応接間にメルヴィが姿を見せた。

だが、様子がかなりおかしい。

「リドル様」

部屋に入るなり、メルヴィが声をあげる。

「失礼します」などの断りは一切なく、その顔は、彼にしてはひどく蒼白で強張《こわば》っている。

明らかに、尋常《じんじょう》ではないことが起きたのだ。

気づいた人々が話すのを止め、みんなの視線がメルヴィに集まる。

室内が、一気に静まり返った。

嵐の前のような静けさだ。

その静けさの中、冷静さを維持《いじ》しようと努めながらも、メルヴィが震える声で告げた。

「ただ今、ワイト島からの急使が参りまして、お父上のウッドフォード伯が、お亡くなりになられたそうです」

終章

オックスフォード州ウッドフォード。

森に囲まれた静かな村の教会では、早朝から弔《とむら》いの鐘が鳴り響いていた。

領主であるウッドフォード伯の訃報《ふほう》を伝える鐘だ。

村人はみな、家の外に立って、葬儀の列を見送る。

今にも雨が降り出しそうな厚い雲の下、棺《ひつぎ》に寄り添うリドルの顔は蒼白だった。

ただ、黒い帽子から覗《のぞ》く紅茶色の髪と、その顔の白さがあまりに対照的であるため、こんな時だというのに、誰もがハッとするほどの艶《なま》めかしさを放っていた。ふだんは、ほとんど公《おおやけ》の場に姿を見せることのない彼であるだけに、その独特な容姿が際立つ。

本来、喪主《もしゅ》を務めるのは長男であるスティーブンだが、行方《ゆくえ》不明のまま連絡がつかず、仕方なくリドルが喪主を代行している。

そんなリドルを支えるため、ウーリーは、訃報がもたらされた日から今日まで、まさに守護神のようにずっとそばについている。おそらく、そんなウーリーとメルヴィの献身的な助けがなければ、由緒《ゆいしょ》あるモルダー家の葬儀を、滞《とどこお》りなく終えることはできなかっただろう。

そのことが、参列者たちの密《ひそ》かな噂《うわさ》となっていた。


——長男のスティーブンは、行方不明なんだって？

——ああ。真面目《まじめ》で勤勉な男だったが、どこかの女にでも入れあげたか。

——でも、死の前日に、父親の部屋の近くにいたという話もあるからな。

——モルダー伯は、心臓発作だったんだろう？

——あんなにお元気だったのに。

——そうなんだよ。それで、毒殺説も出ているらしい。

——毒殺って、誰が？

——そりゃ、姿をくらましているスティーブンだろう。

——後継ぎなのに？

——あの家も、結構複雑だからね。なにせ、今の妻は、三人目だ。

——それに、スティーブンが、最近、妙なところに出入りしていたって噂も聞いたし、もしかしたら、金の使い方を巡《めぐ》って父親と口論になったのかもしれない。

——なんにせよ、モルダー伯の死は突然過ぎる。

——ああ。ウッドフォードの爵位はどうなるんだ？

——次男が継ぐだろう。

——次男といえば、彼、すごい美形だね。

——ほとんど社交界に姿を見せないから、知らなかった人間も多いけど、自慢の息子だよ。

——自慢なのかねえ。いいのは顔だけで、中身はぼんやりしていて、使えないバカ息子だって言うぜ。

——そうそう。この葬儀だって、実質取り仕切ったのは、友人のウーリー卿《きょう》だ。

——ウーリー卿というと、あのウーリー卿か。

——切れ者のエルズプレイス伯。

——友人なんだ?

——パブリック・スクール以前からの付き合いらしい。

——だけど、それだって、ブランズウィック公爵家が、ウッドフォード伯領を取り込もうとしているからだという奴《ヤツ》もいるぞ。

——油断は禁物ってことか。

——くわばら、くわばら。

風に乗って流れてくる心無い言葉に対し、喪服に身を包んだウーリーが、鋭い視線を周囲に巡らせる。

彼にしても、この事態は、まったく気に食わない。正直、予想外の出来事だった。

いったい、なぜ、このようなことになったのか。

だが、現在は人間の姿を取っている身であれば、たとえ大天使の化身《けしん》である彼であっても、その答えは容易には見つけられそうになかった。

それでも、一つだけ、心当たりがあるとすれば、やはり、『マダム・エウゲリーノ』の予言か。彼女の背後には、例のディアボロ・ヴァントラス男爵がいる。

(悪魔の申し子か――)

と、その時。

ウーリーのアイスブルーの瞳が、教会の外に向けられた。

そこに、なにかの気配を感じ取ったのだ。

けっして、この場には相容《あいい》れない気配。――十字架によって侵入を阻《はば》まれる類《たぐい》のものである。

(もしや、奴が、近くにいるのか――?)

視線を流せば、リドルのそばに影のように付き従っているメルヴィも、不審そうな視線を教会の外に向けていた。

(やはり、これは、奴の仕掛けたことなのか)

だとしたら、ウーリーにしてもメルヴィにしても、大きな失態をしでかしたと言えよう。気づかぬうちに、相手が、リドルの背後にちゃっかり忍び寄り、その首元に手をかけていたのも同然だからだ。

額に手を当てたウーリーが、なにかを誓《ちか》うように灰色の空を見あげる。


同じ頃。

教会の外には、木陰《こかげ》に立ち尽くす一人の青年の姿があった。

どうやら、教会に入れず、かといって、その場からも動けずにいるようだ。

身なりがよく容姿の整った青年で、良家の子息であるのが一目で見て取れるが、その顔はやつれ果て、耐え難い苦しみに打ちひしがれている。

「お父さん……」

青年の口から、苦悩に満ちた声が漏れた。

そこにいるのは、行方不明とされているリドルの兄、スティーブン・モルダーであった。

彼は、今、己《おのれ》を見失って絶望している。

いったい、自分はなにをしたのか。

そして、これから、どこに向かおうとしているのか。

わからず、荒波にもまれ、今にも溺《おぼ》れようとしていた。

と、その時。

リーンゴーン。

リーンゴーン。

新たに弔いの鐘が鳴り響き、その音に追われるように、彼は教会の前から走り去った。

だが、走っても走っても、重々しい鐘の音が彼のことを追いかけてきて、四方から非難する。それは、彼に耐えがたい苦しみをもたらした。


——父親殺し。

——父親殺し。

——お前は、許されざる罪を犯した罪人だ！


実際、その通りだった。

スティーブンは、少し前にワイト島に出向き、毒の入った水色の酒瓶を父親の部屋に置いてきた。

それから間もなくして、父親は亡くなった。

元気だったのに、突然、命を絶たれたのだ。

間違いなく、彼が部屋に置いてきた毒入りの酒を飲んだせいだろう。

彼は、自らの手で父親を殺した。

彼の母親を死に追いやった憎《にく》き父親を——。

だが、本当に、こうするべきだったのか。

こんなことが、亡《な》くなった母親の望みだったのか？

彼にはわからない。

わからないまま、弔いの鐘の音に追われるように走り続けている。

と——。

「スティーブン」

誰かが、彼を呼んだ。

深く心に浸透する響きのよい声である。

立ち止まった彼の前にいたのは、彼のことをここまで導いたディアボロ・ヴァントラス男爵だった。

彼を誘惑し、亡き母親の声を聴くように霊媒師《れいばいし》の元へと連れて行き、そして、父親の毒殺を暗に示《し》唆《さ》した。

欲することを為せ――。

そう言って、彼をそそのかした男である。

彼は、いつものようになんとも蠱惑的《こわくてき》な表情で彼の行く手に立ち塞《ふさ》がり、誘うような声で言った。

「その様子だと、後悔しているのか、スティーブン」

「――」

言葉につまったスティーブンが、やがて吐き出すようにうなずいた。

「――ええ。後悔していますよ。本当に、こんな恐ろしいことが母の望みだったのか」

ディアボロが、肩をすくめて応じる。

「だが、確かに、聞いたのだろう。君のお母さんがそう言うのを」

「そうですけど、あれは本当に母だったのか――」

後悔の中に、ディアボロへの不信感をにじませたスティーブンに対し、徐々に緑灰色の瞳を妖《あや》しく輝かせ始めたディアボロが、なんとも冷淡なことを告げる。

「まあ、あれが、君の母親であったかどうかはさておき、君が父親殺しであることは、間違いない」

「そんな――」

絶句したスティーブンが、思わずディアボロの胸につかみかかって抗議した。

「今さら、なにを言うんです。私は、貴方《あなた》に導かれて、あんな、あんなひどい――」

だが、つまらなそうに片眉をあげたディアボロは、なじるスティーブンの手を軽くつかんで引きはがし、そのまま突き放すように押しやった。

「勘違いしてもらっては困る。私は、別に、君を焚《た》きつけたりはしていない。ただ、『欲することを為せ』と言っただけだからな。それで、なにを為すかは、言われた本人が決めることだろう。――それを、まるで人のせいのように言って、責任転嫁《てんか》も甚《はなは》だしい」

それから、打って変わって冷めた目でスティーブンを見おろし、「言っておくが」と酷薄《こくはく》な宣言をする。

「君は、自分自身の意思で父親を毒殺した。そして、父親殺しの烙印《らくいん》を押された君は、もう、天に見放された存在となったのだよ」

「そんな――」

絶望に身をよじるスティーブンに対し、口調もぞんざいなものに変えたディアボロが、告げる。

「どれほどあがこうが、天の門は、二度とお前のために開かれることはないだろう」

決定的な一言を受け、「ああああ」とうめいて頭を抱《かか》えたスティーブンが、その場にくずおれる。

今、彼は、すべての希望を断たれた。

まさに、奈落の底に落ちた人間となったのだ。

それを淡々と見おろし、ディアボロが「ということで」と軽い口調で提案した。

「お前に、やってもらいたいことがある」

まるで違う生き物になったかのように一切の熱を感じさせない存在となったディアボロが、妖しく口元を引きあげ、地べたに身を投げ出しているスティーブンを足で蹴って命令する。

「今から魔界へと出向き、そこから妖精界へと渡って、あることを調べてこい」

絶望の中、頭上から降ってきた言葉に対し、スティーブンがほとんど条件反射で訊《き》き返《かえ》した。

「――あること？」

「そう」

うなずいたディアボロが、まさに、これこそが彼の狙いであったというように、ゆっくりと告げる。

「お前の麗《うるわ》しき弟、妖精の取り換え子《チェンジリング》であると言われるリドル・アンブローズ・モルダーの秘密について――」

悪魔の災い、吉に転じず

RIDDLE THE GUARDIAN
OF AMBER

プロローグ

湿気の多い土地だ。

姿の見えない鳥が、長く尾を引くように鳴いている。

中部アメリカに広がる熱帯雨林。

むせ返るほどの緑に守られた林の奥、文明人が足を踏み入れられずにいる秘境の都で、今、一人の死者が旅立った。

高貴な出であるのだろう。

清らかな亜麻布《あまぬの》が巻かれた遺体には高価な香油が塗《ぬ》られ、さらに、きらびやかな金銀細工や宝石類が散りばめられた。

聖なる太陽のもと、次なる世界への旅立ちが着々と準備されていく。

やがて、新しく与えられた心臓が輝きを帯びて脈動し始めると、死者は、永遠なる魂《たましい》を得て自由人となる。

永久《とわ》に生きること――。

それは、彼らにとって、切なる願いであるとともに、神聖な祈りでもあった。

密林の奥にあるという幻《まぼろし》の都。

時の彼方《かなた》に消え去った、緑の楽園での出来事である。

1

十九世紀も半《なか》ばを過ぎた英国、バッキンガム州セルリッジ。

風光明媚《ふうこうめいび》な片田舎《かたいなか》に建つパブリック・スクールでは、今日も、活力《エネルギー》の有り余《あ》った若者たちが、あちこちでトラブルを起こしては、先生や監督生に怒られていた。

そんな中にあって、同じ年頃の生徒とは思えない優雅さと貫録《かんろく》をまとい、寮の自室でゆったりと午後のお茶を楽しんでいる生徒がいる。

その名も、エリオット・ウーリー・ブランズウィック。

現ブランズウィック公爵の長男の次男という、かなり公爵位に近い場所にいるが、彼の場合はむしろ、この学校を創設したウーリー家の後継者であるため、「ウーリー卿《きょう》」としての呼び名のほうが通っていた。

大天使ウリエルが興《おこ》したといわれるウーリー家は、男も女も容姿端麗《たんれい》であるが、中でもエリオットはずば抜けて美しい。

まばゆいばかりの白金髪《プラチナブロンド》。

すべてを見通すようなアイスブルーの瞳。

芸術的なまでに整った白晳《はくせき》の面《おもて》は、正視するのが難しいほど神々《こうごう》しく光り輝いている。

まさに大天使が降臨したかのようなウーリーは、頭脳も明晰《めいせき》で行動力があり、生徒のみならず、教師陣からも、その言動が尊重される存在であった。

「……ふうん」

紅茶のカップを片手に新聞に目を通していたウーリーが発した声に、脇に控《ひか》えていた青年が、静かに問いかける。

「なにか、面白《おもしろ》い記事でもございましたか？」

「ああ。なかなか興味深いよ、メルヴィ」

「メルヴィ」と呼ばれた青年は、ウーリーとは対照的にとても控えめだが、「黒と灰色のハーモニー」とでも題したくなるような服を着こなした姿は、上品で聡明そうだ。

濡《ぬ》れ羽《ば》色の髪に漆黒《しっこく》の瞳。

ウーリーの持つカップにお茶を注ぎ足す様子も、流麗《りゅうれい》で洗練されている。

彼はウーリー専属の従者《じゅうしゃ》で、実家が学校に多額の寄付をすれば、このように「特待生」として従者が居住する小部屋のついた特別室を与えられる。

ただし、従者は、基本、年齢が彼らとほぼ同じで、授業中は、他の生徒と一緒に授業を受ける必要があった。もちろん、授業料その他、従者にかかる費用は、すべてその「特待生」の家が負担しなければならない。

つまり、よほどの金持ちでない限り、「特待生」にはなれない。

しかも、専属の従者というのは、屋敷の使用人などと同じで、その質が、家の格式の高さを計る物差しとなるため、生半可《なまはんか》な人物を送り込むわけにはいかないし、身支度《みじたく》にかかるお金も相当な額になるはずだ。

その代わりといってはなんだが、従者の目端《めはし》が利《き》くと、競争の激しい学校生活を生き抜く上で色々と有利になり、学年が上がるにつけ、重要なポジションにつく確率が高くなる。

それと共に、一般の生徒たちが従者を見る目も変わっていき、権力者となった「特待生」の従者に対しては、本来の呼び名である「従者《ヴァレット》」を改め、「執事《バトラー》」として一目置《いちもく》くようになるのが常《つね》だった。

そして、極めて優秀で機転の利くメルヴィは、まだ彼らが最上級生になっていない頃から「執事」の称号を得て、他の生徒たちから頼りにされる存在となっていた。

ちなみに、この学校には、もう一つ「特待生」と呼ばれる生徒たちがいるが、彼らは、ウーリーのような大金持ちの「特待生」とは対極に位置する貧しい家庭の子どもたちで、寄付金でまかなわれる奨学金《しょうがくきん》で授業を受けることはできるが、それ以外の時間は、他の使用人と屋根裏部屋で寝起きを共にし、早朝から夜遅くまで下働きをして過ごす必要があった。

その上で、成績が落ちれば退学となるが、逆に優秀な成績で卒業できれば、教授の推薦《すいせん》を受けて大学に進むことも可能で、その先の未来が大きく開けることになるため、ほとんどの生徒が、石にかじりつくようにして勉強を頑張った。

そんな彼らのことを、一般の生徒たちは、専属の従者と区別する意味で「雑用生《ファグ》」と呼び、その名称は、卒業するまで変わらない。

ウーリーのカップにお茶を注ぎ足したメルヴィが、ポットを胸のほうに引き寄せながら、会話の相手をする。

「ちなみに、どのような記事が、貴方様《あなたさま》の興味を引いたのでございましょう」

「エジプシャン・ホールに展示されるはずだったミイラが、盗まれたという記事だ」

「エジプシャン・ホールにミイラが展示される予定だったのですか？」

「ああ。しかも、そのミイラは、エジプトのミイラではなく、中南米からやって来たミイラだそうだから、ことはややっこしい。どうやら『マヤ　～神秘の古代文明～』と題する展示会を開催する予定だったようだな」

「エジプシャン・ホールに、マヤ文明のミイラですか。それは複雑極《きわ》まる話で、たしかに興味深いですね」

話題にあがった「エジプシャン・ホール」というのは、ロンドンにある興行施設で、ヴィクトリア朝初期には隆盛を極めたが、昨今は、クリスタル・パレスなどに客を奪われ、場末のエンターテインメント施設に成り果てている。

それでも、なんとか盛り上げようと、手を変え品を変え、がんばっているのだろう。

「僕が興味深いと思うのは、いったいぜんたい、どこの誰が、ミイラなんか盗む気になるのかという点だ。――あんなの、ただの干《ひ》からびた抜け殻《がら》だぞ？」

身も蓋《ふた》もない言い方に、メルヴィが苦笑して応じる。

「興味のない方にはそうでも、研究する者にとっては、喉から手が出るほど欲しいものでしょう。まして、中南米のミイラともなれば、エジプトのミイラと違って、手に入れるのは至難の業《わざ》」

「まあ、そうなんだろうな。――人間の好奇心というのは、相変わらず、果てしない。バベルの教訓など、ものの役にも立っていないな」

聖書に出てくる「バベルの塔」を引き合いに出したウーリーだが、かくいう彼は、実のところ、大天使ウリエルが化身《けしん》した存在であるため、「人間」に対し客観的な意見として話している。

対するメルヴィは、その正体が、長い年月を眠って過ごした大魔法使いマーリンであるとはいえ、あくまでも人間──魔性の血が多少は入っているかもしれないが──であるため、返答はどこか苦々しいものとならざるを得ない。

「……それは、耳の痛いお言葉で」

慇懃《いんぎん》に応じたメルヴィをもの言いたげにチラッと見やったウーリーだが、特にコメントはせず、柱時計に視線を移して話題を変えた。

「それはそうと、リドルの奴《ヤツ》、遅いな。お茶に来るよう、声をかけたのだろう?」

「はい。日本の珍しいお菓子が手に入った旨《むね》をお伝えしましたところ、槍《やり》が降ろうが、カエルが降ろうが乗り越えていらっしゃるとのお返事でしたが、この時間になってもいらっしゃらないとなると、途中、乗り越えられない困難が降ってわいたと考えざるを得ません」

メルヴィの推測に対し、造形の美しい顔をしかめたウーリーが、「だとしたら」と、その相手に見当をつける。

「おおかた、バーナードあたりだろう。あいつ一人で、槍十万本、カエルなら無尽蔵の数に匹敵する災厄《さいやく》だからな」

「仰《おお》せの通り」

深く同意したメルヴィに、ウーリーが不満そうに尋ねた。

「それなのに、なぜ、リドルは、あの厄介者《やっかいもの》に対して、ああも寛大《かんだい》でいられるのか」

「そこが、リドル様のよいところでございます」

「そうか？」

疑わしげに受けたウーリーが、言い返す。

「僕には、最大の欠点に思えるが――」

話題にあがった「リドル」と「バーナード」というのは、リドル・アンブローズ・モルダーとバーナード・ブランズウィックのことで、ウーリーとメルヴィが推測した通り、ウーリーの部屋に向かっていたリドルは、廊下で出会いがしらにバーナードに拉致《らち》され、半《なか》ば引きずられる形で、彼の用事に付き合わされていた。

2

「……お腹がすいた。……力がでない。……部屋に帰って眠りたい」

うしろをついて歩きながら気だるげに訴《うった》えるリドルに対し、前を歩くバーナードは、片手で小石のようなものを投げあげながら応じる。

「鬱陶《うっとう》しいぞ、リディ。いい加減、諦《あきら》めろ。でなきゃ、『アメージング』なお前らしく、空中からパンケーキの一つでも取り出して見せろ」

無茶な注文を出す友人の背中を見やり、リドルが小声でつぶやいた。

「……魔法使いじゃないんだけど」

卵型の小ぶりな顔に琥珀《こはく》色《いろ》の瞳を持つリドルは、誰もがハッとするほど美しい容姿をしている。

ただ、それ以上に目を引くのは、その紅茶色の髪だ。

風になびく様子は、まさにカップの中で揺らめく紅茶そのもので、彼を初めて見た人間は、あたかも紅茶の国からやってきて、いつか紅茶の国に帰るのを夢見ている紅茶の妖精がいるものと勘違いするほどであった。

その性格は、おっとりとしていて怠惰《たいだ》。

オックスフォードに所領を持つウッドフォード伯の次男という立場にあるため、ものすごいお金持ちというわけではなかったが、ひとまず生活するには困らない程度のお金は常に手にすることができる、今どきの貴族の子弟の一人だ。

そんな彼の身の回りでは、思わず「アメージング!」と叫びたくなるような不可思議な現象が頻繁《ひんぱん》に起こるため、仲間内からは「アメージング・リディ」の愛称で呼ばれ、親しまれている。

対するバーナードは、名前からもわかる通り、ウーリーと同じブランズウィック公爵家の人間ではあったが、現公爵の次男の次男の、そのまた次男という、ある意味次男を極めたような出自であるため、爵位《しゃくい》とは縁遠い。

また、光の加減で金色にも見える亜麻色の髪に明るい薄緑色の目をした容姿は、黙って立ってさえいれば、それなりに好青年に見えるのに、とにかく、やることなすことすべてが破壊的で、良いことは悪いほうへ、悪いことはさらに悪いほうへ転じさせる疫病神《やくびょうがみ》として有名だった。

もっとも、退屈な学校生活においては、彼のようなトラブル・メーカーの存在は必要不可欠で、ハチャメチャな割に人気は高く、知名度も高い。ただし、それは、あくまでも第三者的立場として歓迎されているというだけで、進んで仲良くしようとする生徒は、リドルを除けば、皆無であった。

そのリドルとて、決して進んで仲良くしているわけではなく、ただ、生来の怠惰さが、「バーナード」という名の災厄を、あえて遠ざけたりしないだけのことだった。

今も、授業中にふざけた罰《ばつ》として、霊廟《れいびょう》の掃除を言いつけられたバーナードに付き合わされ、一仕事終えてきたところである。本来なら、今ごろは、ウーリーの部屋でメルヴィの淹《い》れてくれた美味《おい》しい紅茶を飲みながら、珍しい日本のお菓子を口にしていたはずなのに、なぜか、そうはならず、枯葉散る裏庭をてくてくと歩いている。

リドルの頭には、まだ食べ損ねた日本のお菓子のことがこびりついていたが、人を責め続けるのも億劫《おっくう》で、小さく溜息をついて諦《あきら》める。代わりに、バーナードが片手で投げあげている小石に目をやって訊《き》く。

「ところで、バーニー。さっきから気になっているんだけど、それは、なに?」

「それって、どれだ?」

小石を投げあげながら振り返ったバーナードに、指で宙をさして言う。

「だから、それ。——さっきから投げては取り、投げては取りを繰り返しているその小石は、いったいどこから来た、なにもの?」

「――ああ、これね」

落ちて来たところを、パシッとキャッチして握りしめたバーナードが、リドルに向かって放り投げながら言う。

「きれいだろう?」

「そうだね」

言われた通り、表面が艶《つや》やかで輝きのある美しい緑色の石だ。

リドルが、顔をあげて確認する。

「……翡翠《ひすい》?」

「さあ」

首をかしげたバーナードに、リドルが主張する。

「翡翠に見えるけど」

「じゃあ、そうなんだろう」

「そうなんだろうって、なんで、バーニーが知らないのさ?」

持ち主のくせに、と付け足したリドルに、バーナードが答える。

「どこにも説明書きがなかったからな」

「説明書きがないって、そもそも、そんなもの、どうしたの?」

「拾ったんだ」

「どこで?」

「霊廟」

「——え？」

驚いたリドルが、足を止めて問い質《ただ》す。

「まさか、バーニー、死者から宝石を盗んできたの？」

「人聞きの悪い」

気を悪くしたように眉をひそめたバーナードが、人さし指を振って「チッチッチ」と否定する。

「盗んだんじゃなく、拾ったんだ」

「棺桶の中から？」

「違う。隅っこのほうに放置してあった汚い襤褸《ぼろ》切《き》れの上に落ちていたんだが、そのままにしておいたら、聖書の教えに背《そむ》くことになるだろう」

「……聖書の教え？」

胡散臭《うさんくさ》そうに問い返したリドルに対し、バーナードが大真面目《おおまじめ》に応じる。

「たしか、『ネズミに真珠をやるな』とかって諭《さと》していたはずだが、あのままにしておいたら、間違いなくネズミに持ってかれちまう」

「ネズミ？」

「……ネコだったかな？」

正確には「豚《ぶた》に真珠をやるな」であるが、聖書に出てくる動物がなんであるかなど気にしたことのないリドルは、そのまま流すことにして「でも」と続ける。

「それなら、なんで、襤褸切れが霊廟の中に落ちていたんだろう?」

「知らないが、誰かの落とし物であるのは、確かだな」

「誰かって?」

「さあ」

両手を開いて降参したバーナードが、「まあ」と投げやりに続けた。

「霊廟に落ちていたんだから、妥当《だとう》なところで、死者の落とし物かねぇ」

「それなら、結局は死者の持ち物ってことになるわけだけど、そうなると」

手の中の小石を見つめながら、リドルはつぶやいた。

「最近、霊廟で、死者が蘇《よみがえ》ったってこと——?」

3

同じ頃。

裏庭からさほど遠くない林の中で、黒いフードをかぶった二人の男がひそひそと囁くように言葉を交わしていた。鬱蒼《うっそう》と茂る木々が陽光を遮《さえぎ》り、あたりは、昼間でもなお薄暗い。密談には、ぴったりの雰囲気である。

「——ご希望の品は、あるべき場所に隠しておいた」

「あるべき場所?」

「ああ。木を隠すなら森に、人を隠すなら人混みにと相場は決まっている」

「……なるほど。つまり、ミイラを隠すなら墓場に、か」

うなずいた男が、懐《ふところ》から取り出した革袋を手渡して言う。フードの陰で、眼鏡《めがね》の表面がキラリと輝いた。

「約束の金だ」

「たしかに――」

袋を開けて中身を確認した相手が、口元を歪《ゆが》めて笑う。頬に傷があるせいか、せっかくの笑顔もえげつなく見える。

「それにしても、象牙《ぞうげ》の塔に住む人間というのは、穢《けが》れを知らない雲上人《うんじょうびと》かと思っていたが、なかなかどうして悪党だ」

とたん、眼鏡の男が、厳《きび》しい声音で忠告する。

「口を慎《つつし》め。おしゃべりな男は、長生きできないぞ」

「――脅《おど》しか？」

「気をつけろと言っているんだ。――なんといっても、アレは、祟《たた》るからな」

「祟る？」

いきなり飛び出したおどろおどろしい言葉に眉《まゆ》をひそめた相手が、「それは」と問い質す。

「どういう意味だ？」

「文字通りさ。――ミイラは祟る」

「まさか――」

わずかに怯《ひる》んだ相手を見すえ、眼鏡の男は、どこか小気味良さそうに「だから」と続ける。

「死者の手につかまらないよう、くれぐれも気をつけろ」

4

「やっほー、リディ。いいところで会った」

夕食後、ウーリーの部屋に行こうと廊下を歩いていたリドルは、角を曲がったところで出会ったバーナードに腕をつかまれ、またもや拉致された。

既視感《デジャヴ》、と思いながら訴える。

「だから、バーニー。僕は、これからエルのところに行くつもりで」

「エル」というのは、リドルだけが呼ぶウーリーの呼称だ。リドルとウーリーは、幼馴染みで、その絆《きずな》は誰よりも深いと考えられている。

ただ、中には、二人の親密さを認めない者もいて、その代表であるバーナードは、リドルの腕をがっちりとつかんだまま足を止めずに主張する。

「そんなの、放っておけ。すべてが自分中心にまわっていると思っている傲慢男《ごうまんおとこ》には、待ちぼうけを食わせるのが一番だからな」

「でも、日本のお菓子がね……」

昼間と同じことをやんわり主張したリドルを、バーナードが諭す。

「日本のお菓子なんて、いつでも食えるだろう。——だが、こっちは待ってはくれない」

「こっち？」

面倒臭さが先に立ち、抵抗らしい抵抗もせずズルズルと引きずられながら訊き返したリドルに、バーナードが短く答える。

「幽霊だ」

「……幽霊」

なんとも雲行きの怪しい話に、リドルの眉間《みけん》に深い皺《しわ》が寄る。

「幽霊が、待っている？」

「そうだ」

「僕たちを？」

「まあ、そうかな」

「なんで？」

「呼び出すからだ」

「誰が？」

「お前が」

勝手に決めつけたバーナードが、若干詳《じゃっかんくわ》しい説明を付け足す。

「実は、トットナムウッドが面白いものを手に入れて、それを昨日から試しているんだが、なかなか思うようにいかない」

「――面白いもの？」

「三十年ほど前にフランスで作られた死者と会話をする道具だそうだ。――どうだ、俄然《がぜん》、興味がわいただろう？」

「……別に、そうでもないけど」

いちおう否定はしたが、気だるげな中に好奇心をにじませたリドルが、チラッとウーリーの部屋のほうを見てから、「ただ、まあ」と翻意《ほんい》する。

「そういうことなら、ちょっとくらい寄り道しても構わないかな」

「その通り。――ほら、着いた。入れ」

同じ学年であるロバート・トットナムウッドの部屋の前まで来たところで、リドルの腕を放したバーナードは、そう言ってリドルの背中を押すと、ノックもせずに扉を開け、室内に向けて大声でのたまった。

「みんな、見ろ！　お待ちかね、『アメージング・リディ』の登場だ！」

5

トットナムウッドの実家は、東方貿易で財をなした商人で、専属の従者こそ持っていないが、部屋は広くて快適だ。

そこに、今、数人の生徒がいて、思い思いに寛《くつろ》いでいた。

博物学が好きで、変な石ばかり集めているジェームズ・ノーランに大の冒険好きであるギルバート・ヒル、ヒルの友人でリドルは名前をよく知らない生徒が数人、それに部屋でサルを飼っている、変わり者のモンティ・ケンドルだ。モンティのかたわらには、今もサルのパティが仲睦《なかむつ》まじげに寄り添っている。

彼らは、リドルの姿を見るなり、口々にはやし立てた。

「お、来たな、リディ」

「へえ、リドル・アンブローズ・モルダーか」

「『アメージング・リディ』のおなりだ」

「よし、いいぞ。これで、きっとなにかが起きる!」

秋の日はとっくに暮れていたが、部屋の中はガス灯が灯《とも》っていて明るい。テーブルの上には、火のついていない蠟燭《ろうそく》がポツンと立てられていて、そのそばに、ハート形の板にペンをくくりつけたものが、誰の注意も引かずに放置されている。どうやら、それこそが、トットナムウッドが手に入れたという「面白いもの」であるらしい。

だが、それ以外にも、飲みかけのカップやお菓子を食べたあとの紙クズなどが散乱しているところを見ると、どうやら、それを使って交霊会のようなことをやってはみたものの、なにも変化がなかったため、すっかり飽《あ》きて、退屈な時間をだべって過ごしていたようだ。

「いいか、ヒル」

リドルをテーブルの前に座らせながら、バーナードが冒険好きのヒルに向かって言う。

「これで霊が応《こた》えたら、俺の勝ちだからな」

「わかっているさ。男に二言はない」

頭上でかわされた会話に対し、リドルが小さく肩をすくめた。

ことの成否が、賭《か》けの対象になっているらしいが、そんなやり取りを堂々とするあたり、バーナードがリドルをどう扱《あつか》っているかがわかるというものである。

それでも、面倒臭《くさ》がり屋のリドルは文句を言わず、トットナムウッドに「で？」と尋ねた。

「どうすればいいの？」

「プランシェットに指を乗せて」

「――プランシェット？」

聞き慣れない言葉を繰り返したリドルに、トットナムウッドが説明する。大商人の息子としていいものをたらふく食べて育った彼は、至って健康的に丸みを帯びている。

「そこにある変わった道具の名前だよ。『プランシェット』と言って、交霊会をするために考え出されたものらしい。……フランス語の説明によると、その板の上に指を乗せて霊に話しかけると、板が動いて、ペンで返事を書いてくれるんだって。――だから、ひとまず、そこに指を乗せて、霊に話しかけてみてくれる？」

「いいけど、本当にそれだけいいの？」

「うん。――他に、なにかある？」

そこで少し考えたリドルが、「たとえば」と提案する。

「呪文《じゅもん》を唱《とな》えるとか、神様に祈るとか」

それに対し、トットナムウッドが蠟燭《ろうそく》に火を灯しながら言う。

「そんなのは、リディの好きにすればいいさ」

だが、好きにと言われたところで、呪文など知らないリドルは、結局、ハート型の板の上に指を乗せて目を閉じた。

ほぼ同時に、部屋のガス灯が消され、あたりが薄暗くなる。

蠟燭の炎が揺れ動くにつけ、壁に投影された彼らの影もゆらゆらと不気味に揺らいだ。

どこか幻想的にも思える空間で、リドルが尋ねる。

「――誰か、いますか?」

それに対し、みんなが息を殺して様子を窺《うかが》うが、ハート形の板は微動だにせず、無為な時間だけが流れていく。

しばらくして、リドルがもう一度声をあげる。

「誰か、いますか。いたら、板を動かして応えてください」

だが、やはりあたりはしんと静まり返ったまま、なんの変化も起こらなかった。

薄目を開けて確認したリドルが、慌ててもう一度言う。

「……えっと、誰でもいいから、いたら返事を。――欲しいモノとかでも」

とっさに付け足した言葉に対し、ヒルが小さく笑って、「欲しいモノってなんだよ、子どもじゃあるまいし」とつぶやいた。

「――なんだ、やっぱり駄目じゃないか」

「『アメージング・リディ』をもってしても、なにも起こらない」

一緒に板の上に指を乗せていた生徒たちが、ひそひそと囁き合う声がし始める。

「おい、そこ。しゃべるなって。まだわからないだろう！」

バーナードの叱責《しっせき》に対し、「だって、なんにも」と反論した生徒が指を放そうとした時だ。

ピシッ。

彼らの頭上で奇妙な音がして、蠟燭の火が大きく揺らいだ。

「しっ」

気づいたトットナムウッドがみんなを黙らせ、指先を見つめる。

隣にいるノーランののどが、ゴクリと大きく鳴った。

次の瞬間。

「動いた――」

モンティがかすれた声で言うのとほぼ同時に、ハート形の板が動いて、そこにくりつけられたペンが文字を書きつづる。

……yoll

と――。

みんなが真剣な表情でテーブルの上を見つめているかたわらで、ふいに、サルのパティが歯を剝《む》き出《だ》すようにして「キッキッキ、キイイイイ」と騒ぎ始めた。

「わっ」

「ぎゃっ」

「なんだ！」

息を詰めて見守っていた生徒たちは、驚きのあまり飛びあがり、騒ぎの原因がサルのパティにあると知ると、当人ではなく飼い主のモンティに文句を言った。

「脅かすな、モンティ」

「おとなしくさせろよ！」

「ごめん」

謝ったモンティが、「こら、パティ」となだめるが、パティはまったく聞く耳を持たず、興奮した様子で飛び跳ねる。

「キッキ、キイ、キッキ」

「パティ、どうしたんだ、パティ、おとなしくしないと」

だが、興奮の収まらないパティは、モンティの手が離れた一瞬の隙に、テーブルの上に飛びあがると、プランシェットを蹴飛《けと》ばして、さらにバーナードの頭を踏みつけてから、そのままドアに向かってジャンプする。

「危ない！」

「ぶつかる！」

止まらないパティがドアにぶつかりそうになった時、うまいことドアが開いて、誰かが顔をのぞかせた。

その脇をパティがすり抜け、廊下に飛び出して行ったので、モンティが慌ててあとを追う。

「パティ、待って、パティ、暴れたらだめだよ！」

ドアのところで一匹と一人を呆然と見送った人間が、改めて部屋の中に向き直り、度肝《どぎも》を抜かれた声で言った。

「――なんの騒ぎだ？」

そこに立っていたのは、現在、舎監《しゃかん》を務めている歴史学のナダル教授で、パティがぶつかってずれてしまった眼鏡の位置を直しながら続けた。

「自習時間になっても監督生が自習室にやって来ないと、下級生から報告があったので来てみたら、こんなところに集まって、いったい君たちは、なにをしていたんだね？」

「なにって……」

気まずそうに顔を見合わせたリドルたちが答えられずにいる間にも、近くにいた生徒にガス灯を灯すように指示しながら入って来た教授が、部屋が明るくなったところで、ぐるりとあたりを見回し、トットナムウッド、ノーラン、リドルと順繰りに眺めたあと、バーナードの上に視線を止め嘆くように言った。

「また、君か。バーナード・ブランズウィック」

「また、俺ですが、なにか？」

「問題があるところには、必ず、君がいると思ってね。――ここでなにをしていた？」

「仲間たちとおしゃべりを」

口八丁《くちはっちょう》のバーナードがしらっと言い返すが、まったく信用していないらしい教授は、ヒルに視線を移して、同じことを訊いた。

「ここでなにをしていたんだ、ヒル君」

だが、冒険好きのヒルも、それなりに肝が据《す》わっているため、肩をすくめて同調する。

「バーナードの言う通り、ただのおしゃべりですよ」

実際、おしゃべりをしていたと言えばその通りで、ただ、相手がこの世のものか、そうでないかの違いに過ぎない。

眉をひそめた教授が、生徒の顔からテーブルに視線を移した。

とたん、その顔が驚愕《きょうがく》に彩《いろど》られる。

いったい、なにに驚いたのか。

彼は、指でテーブルの上を触りながら顔をあげ、不信感の溢《あふ》れる声で尋ねた。

「――これを書いたのは、誰だ？」

リドルたちが、再び顔を見合わせる。

誰と言われても、答えようがないからだ。

答えない生徒たちに業《ごう》を煮やし、教授が厳しく問いつめる。

「これを書いたのは、誰だと訊いている。答えなさい」

すると、バーナードが代表して答えた。

「間接的に言うと、リディです」

リドルが文句有りげにバーナードを見るが、バーナードは知らん顔してそっぽを向く。

「そうなのかね、モルダー君」

「……はい。間接的に言うと、僕です、教授」

仕方なくリドルが認めると、教授はなにか考えるようにしばらく黙り込み、ややあって訊いた。

「君は、ナワトル語を話せるのかね？」

「ナワ……なんですって？」

わからずに訊き返したリドルに向かい、教授が言い直す。

「ナワトル語だよ。ここに書かれた文字は、中部アメリカの現地人の言葉で、『心臓』という意味になる」

「……心臓？」

言われてテーブルの上を見れば、そこには、いつの間にか揺れ動く字で、次のような単語がつづられていた。

Yollotl

「——これ、『心臓』という意味なんですか？」

リドルが訊き返すと、教授はうなずき、胡乱《うろん》げに言った。

「まさか、知らずに書いたのかね、モルダー君？」

「知らずに——というか、なんというか、僕が訊いたのは『欲しいモノ』で、それに対する答えがこれだった……」

要領を得ない説明をしているうちに、その意味するところに気づき、リドルはハッとする。リドルだけでなく、ヒルやノーランも同時に気づき、「おい。まさか」とざわめいた。

プランシェットを通じ、リドルが発した質問に対する霊の答えが、これだ。

——心臓。

つまり、現れた霊は、心臓を欲しているということになる。

心臓を欲しがるような霊に、あまりいいモノがいないと思うのは、さほど間違った考えではないだろう。サルのパティが、あの瞬間になにを見たのかはわからないが、威嚇《いかく》するように鳴き、暴れた挙《あ》げ句《く》に逃げ出したのも、きっと意味があるに違いない。

「……バーニー」

ひやりとしたリドルがバーナードを見れば、面《つら》の皮の厚いバーナードも、さすがに顔色を蒼褪《あおざ》めさせ、テーブルの上を凝視《ぎょうし》している。

ややあって、懇願《こんがん》するように答えた。

「——頼むから、俺を呼ぶな、リディ。幽霊に聞かれたら、どうする」

どうやら、リドルにすべてを押しつけ、自分は知らん顔をしたいらしい。先に人を巻き込んでおいて、身勝手もいいところだが、それがバーナードという人間だった。

リドルが恨めしげに顔をしかめたところで、ふいに部屋のドアがノックされ、すぐに、救世主とも言うべきメルヴィが顔を覗《のぞ》かせた。

「失礼します。ナダル教授。校長より伝言で、話があるので、至急、校長室に来て欲しいとのことですが——」

「校長が？」

リドルたちの会話を焦《じ》れったそうに訊いていた教授が振り返り、「いったい、なんなんだ？」というぶかるようにメルヴィを見た。だが、もちろん、メルヴィは伝言を持ってきただけで、話の内容までは知らない。

その旨を伝えると、首をかしげたナダル教授は、踵《きびす》を返しながらリドルたちに注意した。

「とにかく、この件の詳しい話は、明日訊くとして、今は、上級生として、下級生の面倒をしっかりみるように」

「……はい」

ひとまず返事はしたものの、教授が去ったあとも、リドルたちは、魂が抜けたようにその場を動こうとしなかった。

不審に思ったメルヴィが、「入ってもよろしいでしょうか、トットナムウッド様」と確認し、トットナムウッドがうなずくのを待ってから室内に足を踏み入れ、リドルのそばまで行って、直《じか》に話しかけた。

「リドル様」

ピクンと震えたリドルを注意深く観察しつつ、メルヴィは穏やかに続ける。

「お約束通り、ウーリー卿が、先ほどからお部屋でお待ちですが、いったい、ここでなにをなさっていたのですか？　――あるいは、なにがあったのでしょう？」

すると、ゆっくりと首を回《めぐ》らせたリドルが、琥珀色の瞳を揺らめかせて応じる。

「死者が――」

「死者？」

訊き返しながら、メルヴィはテーブルの端でひっくり返っているプランシェットに目を留め、ここでなにが行われていたか、大方のことを把握《はあく》してから、再びリドルに視線を戻す。

「もしや、死者をお呼びになられたのですね？」

「そう」

「それで、死者は、何を告げたのですか？」

リドルがゴクリと唾《つば》を飲み込み、やっとのことでその言葉を絞り出す。

「心臓が欲しいって――」

だが、そう聞いても、さして動揺を示さなかったメルヴィが、漆黒の瞳をわずかに細め、「それは」と冷静に応じた。

「いささかまずいかもしれません」

「まずい？」

彼らのそばで会話を聞いていたヒルが、胡乱《うろん》げに訊き返す。

「この場合、まずさの程度は、『いささか』どころではないと思うが、その言い方だと、どうやらメルヴィは、俺たちの知らないなにかを知っているみたいだな」

「お察しの通りでございます、ヒル様。——実は」

言いながら、他の生徒たちのほうを振り返ったメルヴィが、衝撃的な事実を告げた。

「私が耳にしたところでは、今夕、学校の近くの林のそばで男性の死体が見つかったそうですが、現在、校長室に来ている警察の話では、彼の心臓の上には、誰かが故意につけたとしか思えない手形が、はっきりと残されていたということでした」

6

その夜。

カンテラの明かりが石の壁を照らし出す霊廟の中で、ナダル教授は、あるものを捜しながら、信じられない思いでつぶやいていた。

「まさか、本当に死ぬなんて……」

近所で見つかった死体は、彼が、今日の午後、林の中で密会していた男のものだった。

男の正体は、エジプシャン・ホールの従業員で、ナダル教授が買収し、展示品であるミイラを盗ませたのだが、捜査に当たっているロンドン警視庁《スコットランド・ヤード》は、事件後に連絡が取れなくなった彼のことをマークしていて、死体が見つかったことにより、捜査の手がここまで伸びてきたのだ。

「おかげで、私にまで警察の目が向けられてしまった。これは、かなりまずい状況だぞ。その上、アレが見つからないし」

彼は、霊廟の中を歩き回るが、目当てのものはなかなか出てこなかった。

見つからないことで焦《あせ》っているのか。

焦っているから見つからないのか。

落ち着きを取り戻そうと、立ち止まった彼は、カンテラを高く掲《かか》げて周囲を見回した。

ガランとした空間には、いくつもの棺《ひつぎ》が置いてある。一説には、この霊廟の歴史は古く、ウーリー家がここに学校を建てる前からあったという。

天井《てんじょう》近くに設けられた小窓からは月明かりが耿々《こうこう》と差し込み、霊廟の中に青白い光を投げかけている。

と——。

淡い光の筋の中に、ゆらゆらと蠢《うごめ》く影があった。

霊廟の角。

ナダル教授の背後の闇《やみ》で、今、襤褸切れのようなものをまとったなにかが動き出す。

だが、ナダル教授は気づかない。

気づかず、必死で目的のものを捜している。

「――クソ、どこにやったんだ？」

口汚《くちぎたな》くののしったナダル教授は、眼鏡にカンテラの明かりを反射させながら、必死で地面に目を凝《こ》らす。

「まさか、あの男、ちゃっかり『緑の心臓』を盗んだのではあるまいな。――だとしたら、あの男があのような死にざまを見せたのもわかるというものだ」

彼の背後では、月明かりに揺らめく影が、ゆっくりと彼のほうに近づいて来ていた。

それでも、彼は気づかない。

揺らめく影は、もうすぐそこだ。

やがて、すぐ近くでサラサラと衣擦《きぬず》れのような音が聞こえ、冷たい息吹《いぶき》が教授の肌《はだ》をかすめた。

そこに至って、ようやくなにかの気配を感じ取ったナダル教授が、恐怖の色を顔に浮かべ、ゆっくりと背後を振り返る。

同時に、彼の心臓目がけて闇から伸ばされる腕――。

絶叫が、月夜の霊廟を震わせる。

だが、堅牢《けんろう》な壁が音の広がりを阻《はば》み、その声が校舎まで響くことはなかった。

ナダル教授は、逃げた。

霊廟を走り出て、無我夢中で走って行く。

月明かりを頼りに走り続けた彼は、息を切らし、しだいに足元がふらつき始めた。ついには、ハアハアと息をしながら立ち止まった教授が、その場で息を整えていると――。

再び、すぐ近くでサラサラと衣擦れのような音がする。

顔をあげるまでもない。

目の前に、「死」そのものが立っている。

冷たい息吹を頬に感じた瞬間、心臓を鷲《わし》づかみにされたような痛みが走り、ナダル教授の身体がドサリと地面に倒れ込んだ。

しばらくして、動かなくなったナダル教授の身体からスウッと影のようなものが離れ、淡い月明かりに襤褸切れの裾《すそ》をはためかせながら、夜の暗がりへと消え去った。

7

翌日。

午後になり、ウーリーの伝言を携《たずさ》えてリドルのもとを訪れていたメルヴィは、帰る途中、廊下で歩みを止め、階段のほうを見つめた。

踊り場に差し込む陽光の中に、なにやら蠢く影がある。

漆黒の瞳を細めて眺めやったメルヴィは、「……なるほど」とつぶやくと、再び歩き出して、ウーリーの部屋へと入って行く。

部屋の中で、午後のお茶を飲んでいたウーリーが、その気配を察し、新聞から顔をあげずに問いかけた。

「リドルは、いたか？」

「……はい。いらっしゃいました。すぐに、こちらに来るそうです」

メルヴィは淀みなく答えたつもりであったが、わずかな逡巡《しゅんじゅん》を聞き逃さなかったウーリーが、顔をあげず、目だけでメルヴィを見た。

「なんだ、変な顔をして。どうかしたのか？」

「――いえ」

少し考えるように間を置いたメルヴィが、ひとまず見たままを報告する。

「ただ、どうやら、校舎の中を、ミイラが歩きまわっているようでございます」

「――ミイラ？」

「あるいは、ミイラの幽霊かもしれませんが」

興味を引かれたらしいウーリーが、新聞から顔を離し、本腰を入れて尋ねる。

「ミイラを見たというのか？」

「はい」

「いつ？」

「今しがた、階段の踊り場を歩いているのを見ました」

それに対し、芸術的なまでに整った顔をしかめたウーリーが、チラッと新聞を見おろしてから推測する。

「それは、おそらく、この件と無関係ではないだろう」

「この件……？」

今度は、メルヴィのほうが興味を引かれて尋ね返した。

「なにか、新聞にミイラに関する記事が載っていましたか？」

「ああ」

そこで、新聞をメルヴィに手渡したウーリーが、簡単に概要《がいよう》を説明する。

「いわゆる続報というやつだが、昨日、この学校の近くで見つかった死体は、元エジプシャン・ホールの従業員で、先日、ミイラを盗んだのは、彼だったらしい」

「なるほど」

新聞を読みながら話を聞いていたメルヴィが、「そういうことでしたら」と納得する。

「たしかに、無関係とは思えませんね。私が見かけたミイラ――あるいはミイラの幽霊は、このエジプシャン・ホールから盗まれたミイラだったのでしょう」

「だが、どうして、ミイラがこの学校に現れたんだ？」

疑問を呈したウーリーが、「それよりなにより」と付け足す。

「死んだ男は、ミイラを盗んだあと、何故、この学校の近くに潜《ひそ》んでいたのか」

「考えられることといたしまして」

メルヴィが、新聞をテーブルに置いて私見を述べる。

「盗んだ男は、ミイラに興味があったわけではなく、単純に金銭目当てで盗み出し、別にいるミイラを欲していた人物に渡したという筋書きです」

「つまり、金で雇われたということか。それなら、雇ったのは」

「当然、ミイラに見入られていた人物でございます。たとえば、研究者とか――」

「研究者ねえ」

ウーリーが、思い当たる節《ふし》があるようにアイスブルーの瞳を光らせる。

「たしか、歴史学のナダル教授は、中部アメリカの古代史を専門にしていたはずだな」

「はい。幾《いく》つか、論文も発表しております」

「だが、ナダル教授がミイラを手に入れた張本人だったとして、なぜ、ミイラがひとりで歩き出したんだ。――まさか、ナダル教授が生き返らせたわけではあるまい?」

「それにつきましては」

応じたメルヴィが、かすかに悩ましげな表情になって続ける。

「昨夜の一件にヒントが隠されているのではないかと」

「――ああ、あれか。あのバカげた騒ぎ」

トットナムウッドの部屋で行われた交霊会のことは、すでにウーリーの耳にも入っていた。メルヴィの口から聞いたものが一番信頼できたが、他にも、色々な人間が、尾ひれ背びれを付けて、彼にそのことを教えてくれた。

「昨夜のうちにお話しした通り、呼び出された霊は、現地の言葉で言うところの『心臓』を欲していました。そのことと、死体の胸に残されていた手形のことなども考え合わせますと、この学校をうろついているミイラは、永遠に生きる霊魂《れいこん》に動かされ、己《おのれ》の心臓を捜しているのではないかと」

「……心臓を?」

訊き返したウーリーが、「だが」と言い返す。

「ミイラの心臓は——」

と、その時。

窓の外が急に騒がしくなり、生徒たちがなにやらわめき立てる声が聞こえた。

「なんだ?」

話を中断させて窓のほうを見やったウーリーに対し、流れるような足取りで部屋を横切ったメルヴィが、窓を開けて外を覗く。

秋の冷たい風が吹き込む中、騒ぎ立てる生徒たちに交じって教師陣の姿も見られた。

「なにかあったようですね」

メルヴィが言った時、部屋のドアが開いて、リドルが姿を現した。

「遅くなってごめん」

言いながら入って来たリドルが、紅茶色の髪を揺らしながら、気だるげに報告する。

「なんか、学校中が大騒ぎになっていて」

「知っている」

うなずいたウーリーが、窓の外を顎で示して言った。

「騒ぎはここからでも見て取れるが、いったい原因はなんだ?」

「さあ。聞いてないから知らない」

騒動の中を歩いて来て、なにが起こっているのか知ろうともしないところは、怠惰で面倒臭がり屋のリドルらしいが、さすがに、ちょっとのんびりし過ぎている。

そう考えたウーリーが、「いいか、リドル」と珍しく説教をしようとしたが、その前に、窓のところに立っていたメルヴィが、落ち着いた声で告げた。

「わかりました」

ウーリーとリドルが、同時にメルヴィのほうを見る。

「わかったって、なにが？」

「もちろん、騒動の原因です」

「……本当に？」

リドルが驚くのも、無理はない。

彼らがいるのは建物の最上階で、いくら窓辺に立っているからと言って、外で騒いでいる生徒たちの話していることまではわからないはずだ。

だが、漆黒の瞳を揺らめかせて神秘的な笑みを浮かべたメルヴィは、造作もないことのように、騒ぎの原因となっている事態を口にする。

「どうやら、霊廟のそばで、ナダル教授が亡くなっているのが発見されたようです」

「ナダル教授が？」

ウーリーも、少々驚いたように訊き返し、「死因は？」と続ける。

「そこまではわかりませんが、死体を調べた校医によると、心臓のあたりに手形がはっきりと残っていたということで、騒ぎはいやがうえにも大きくなってしまったのでしょう。――とどのつまりが、一種の連続殺人事件ですね」

「連続殺人事件？」

繰り返したリドルを見やり、メルヴィが、真剣な表情で続ける。

「もちろん、犯人が存在したとしての話ですが――」

8

その日の夕刻。

警察の立ち入り捜査も終わり、ようやく人のいなくなった殺人現場に、メルヴィを伴《ともな》ったウーリーがやってきた。

秋の日没《にちぼつ》は早く、あたりはすっかり暗くなっている。

ただ、満月の今日は、月明かりで周囲は明るく、目を凝らせば、色々なものが見渡せた。

「――ここで、教授は亡くなっていたのだな」

つぶやいたウーリーが、ぐるりと周囲を見まわし、最後に、暗がりに影を落とす霊廟に視線を留めた。

「霊廟か……」

すべてを見通すようなアイスブルーの瞳で古い建物を見つめていたウーリーが、ややあって背後のメルヴィを見ずに尋ねる。

「お前なら、苦労して手に入れたミイラをどこに隠す？」

「そうですね。昔から、木を隠すなら森に……というくらいでございますから、ミイラを隠すなら、やはり死体置き場か墓場、あるいは霊廟でございましょう」

「僕も同じ意見だ」

そこで、二人して霊廟を見つめ、ウーリーが「おそらく」と続けた。

「盗んだ犯人たちも、同じように考えたのだろう。だが、途中で、なにかが起こって、ミイラから心臓が奪われてしまい、それを取り戻すためにミイラが動き出した」

「私も、まったく同じ意見でございます」

「となると、なにかが起きたのは、あの霊廟だな」

「はい」

うなずいたメルヴィが、「それで思い出しましたが」と指摘する。

「最初に死体が見つかった日の午後、リドル様がお茶にいらっしゃらなかったのは、バーナード様に付き合わされ、霊廟の掃除をなさっていたからだと聞きました」

「霊廟の掃除？」

意外そうに応じたウーリーが、「また、なんでそんな場所を」と当然の疑問を口にする。

それに対し、メルヴィが、なんとも言えなそうに答える。

「おそらくですが、バーナード様に授《さず》ける罰があまりに多過ぎて、掃除する場所もなくなってきたということでございましょう」

「は。さすが、天下のバーナードだな」

「はい」

「ただ、この場合は、笑って済ませられる問題ではなさそうだ。その時、すでにミイラが霊廟にあったとすれば、あいつが、なにかした可能性は十分あり得る」

「私も、そのように推測いたします。なんといっても、あのバーナード様ですから」

そこで、バーナードに話を聞くため、踵を返したウーリーが「まったく」と忌《い》ま忌《い》ましそうに吐き捨てた。

「すべての災厄は、決まってあいつから始まる」

9

バーナードを問い詰めるつもりでいたウーリーとメルヴィであったが、彼の部屋の前でリドルと鉢《はち》合《あ》わせしたため、先にリドルに状況を訊《たず》ねてみることにした。

「霊廟の掃除?」

バーナードの部屋のドアをノックしようとしていた手を止めて振り返ったリドルが、「う〜ん」と考えてから答える。

「特に変わったことはなかったと思うけど……」

「では、ミイラのようなものは置いていなかったのだな?」

ウーリーの質問にうなずきかけたリドルであったが、「――あ、でも」と思い出したように顔をあげた。

「僕は見ていないから、それがミイラであったかどうかはわからないけど、隅っこのほうに襤褸切れのようなものがあったのは、たしかだと思う」

「襤褸切れ?」

「そう。バーニーが、その上に落ちていた翡翠を拾って――」

リドルが言ったとたん、メルヴィが、珍しく慌てた様子でリドルの腕をグッとつかんだ。

「襤褸切れの上に翡翠が置いてあったのですね?」

「うん。バーニー曰《いわ》く、『落ちていた』そうだけど、それがどうかした?」

ウーリーも興味深そうに見おろすそばで、メルヴィが「翡翠は」と説明する。

「古代文明が栄えた地域では、よく心臓の代わりに死者の上に置かれるものでした。特に、中部アメリカでは、それを『緑の心臓』と呼び、ミイラの上に置いて、死出の旅立ちを祈ったのです。『緑』というのは、萌《も》えいずる若葉の色であるため、世界の共通認識として新鮮さを意味します。おそらく『緑の心臓』には『新鮮な心臓』という意味があり、それを手にすることは、永遠の魂を手に入れるに等しいことだったのでしょう」

「だとしたら」

ウーリーが、ミイラに同情を示して言う。

「心臓を奪われたミイラが怒るのも、無理はないな」

「たしかにそうですが、だからといって、事態をこのままにしておくわけにも参りません」

「わかっている」

うなずいたウーリーが、「で、リドル」と尋《たず》ねた。

「ミイラが捜している『心臓』は、バーナードが持っているんだな?」

それに対し、リドルが答えようとした時だ。

「ぎゃあああああああああああああああああ」

バーナードの部屋から彼の絶叫が響いて来たので、ハッとしたウーリーとメルヴィが、とっさに部屋に飛び込んでいく。

「バーナード様!」

「どうした、バーナード!?」

言いながら部屋の中を見回せば、部屋の隅に襤褸切れをまとったミイラが立っていて、その手が、今、まさにバーナードの心臓に伸ばされようとしているところだった。

逃げようとして尻餅《しりもち》をついていたバーナードが、その体勢のまま、わけのわからない懇願を口にする。

「ひええ、神様、マリア様、イエス・キリスト、ゼウスでもオーディンでもなんでもいい、助けてくれ! 俺はなにもしていない。——ああ、ほら、あんたかどうかわからないが、昨日の夜、もし呼びかけに答えたのなら、呼んだのは、俺じゃなく、リディだ。あれがあんたなら、たしか、心臓が欲しいんだったな。だったら、リディの心臓を持っていけ。しょっちゅう寝ているから、きっと、俺のより新鮮だぞ」

その瞬間、バーナードを助けようとしていたウーリーが足を止めたので、ぶつかりそうになったメルヴィが、一緒に足を止めて尋ねた。

「ウーリー卿。どうかなさいましたか？」

「——いや。いっぺん、あいつを殺してみたいんだが」

「あいつ」というのは、もちろん、簡単にリドルを売りつけるバーナードのことをさしている。

メルヴィが苦笑し、ウーリーにだけ聞こえるように応じる。

「お気持ちはお察ししますが、大天使の化身である貴方様が言うべきことではございません。天使は人間に対し、いかなる場合も寛大でありませんと」

「程度にもよる」

それに対し、ウーリーを懐柔《かいじゅう》するより先に、メルヴィが直接バーナードに話しかけた。

「バーナード様。霊廟で拾われた翡翠を出してください！」

「——なんだって？」

ミイラの手から逃げるためにゴロゴロと床を転がっているバーナードが訊き返したので、メルヴィは、もう一度同じことを言いながら、ウーリーにも小声で告げた。

「バーナード様。翡翠です！　……ウリエル様、指輪を」

それに対し、チラッと不服そうにメルヴィを見おろしたウーリーだったが、それでも、己の指輪を抜き取り、メルヴィに手渡した。

受けとったメルヴィが、すぐさま、バーナードには聞こえないほどの小声で呪文《じゅもん》を唱《とな》える。

「イヨ　ザティ　ザティ　アパティ。イヨ　ザティ　ザティ　アパティ。イヨ　ザティ　ザティ　アパティ」

唱えるうちにも、漆黒の瞳が尋常《じんじょう》ならざる輝きを帯び、濡れ羽色の髪がふわりと浮き立つ。

全身に力がみなぎったところで、メルヴィが指輪を投げつけながら、宣言した。

「大天使ウリエルの刻印にかけて、悪鬼と化した霊に命ずる。直《ただ》ちに立ち去れ！」

メルヴィの手から放たれた指輪が、一筋の光芒となってミイラを直撃するのと、バーナードが喚《わめ》くように答えたのが一緒だった。

「あんたが言っているのが、あの緑の石のことなら、リディが持っている――！」

「――なに？」

驚いたウーリーが、指輪の効力によりミイラの姿が消えたあとの空間で、いまだ尻餅をついたままのバーナードのところまで歩いていくと、乱暴に胸ぐらをつかんで確認する。

「今言ったことは、本当か、バーナード？」

「本当だ。拾ってすぐ、リディにやった。というか、返してもらうのを忘れたんだが、捨てていなければ、まだ、あいつが――」

言っているうちにも、バーナードを突き放したウーリーが、「リドル！」と叫びながら部屋の外に飛び出すが、さっきまで一緒だったリドルの姿は、どこにもなかった。

ウーリーの指輪をすかさず回収してから出てきたメルヴィが、それを返しながら「もしや」と一つの可能性を口にする。

「先ほどの話を聞いて、部屋に取りに戻られたのでは？」

「有り得《あう》るな」

廊下の先を見やったウーリーが、「だとしたら」と言って駆け出しながら続けた。

「急げ、メルヴィ。あのミイラが、どこまで物事を理解しているかはわからないが、次に襲うとしたら、間違いなくリドルだ」

「御意《ぎょい》」

廊下を駆け抜けた二人が、バーナードの部屋からさほど離れていないリドルの部屋に飛び込んだ時、リドルは蒼褪めた顔をして床の上に倒れていた。しかも、部屋の中は荒らされ、色々なものが床に散乱している状態だ。きっと、ここで生死を分かつ死闘《しとう》が繰り広げられたのだろう。

やはり、一歩、遅かったか。

すでに、彼の心臓は、ミイラによって止められてしまった――。

まるで死んだように動かないリドルを目にして、一瞬、その場で凍り付いた二人であったが、彼らが凝視する先で、ふいにパチッと目を開いたリドルが、そのままパチパチと瞬《まばた》きを繰り返し、クルリとこちらに顔を向けた。

「リドル様！」

「リドル、無事か⁉」

安堵《あんど》したメルヴィとウーリーが口々に言いながら駆け寄り、先にメルヴィが身体を支えて起きあがらせ、その前に膝をついたウーリーが、顔を覗き込むようにして問いかけた。

「リドル、なにがあったんだ？」

それに対し、いつにも増して気だるげな様子のリドルが、ぼんやりと口にする。

「……ミイラが来た」

「襲われたのか？」

「えっと、どうだろう……」

この部屋の状態を考えれば、どう見ても襲われたとしか思えないが、どうやら、自分の身になにが起こったのか正確には把握していないらしいリドルは、首をかしげて、ちょっと前に起こった出来事を順を追って話し出す。

「実は、メルヴィから翡翠の話を聞いて、あれがミイラにとってとても大事なものなんだと知ったから、返さなきゃいけないと思って、ここに取りに来たんだ。だけど、うっかり、どこにしまったか忘れてしまって、あちらこちらと探しているうちにようやく見つけて、持って行こうと振り返ったら、そこに――」

「ミイラがいたんですね？」

「そう」

つまり、どうやら部屋の惨状《さんじょう》は、ミイラのせいではなく、ただ、リドルが翡翠を捜すのに引っ掻《か》き回しただけらしい。

だが、続きが気になったメルヴィとウーリーは、そのことには触れずに続きをうながした。

「それで、君はどうしたんだ？」

「びっくりして、後ろにひっくり返って気絶したんだけど――」

考えながら話していたリドルが、「あ、でも、その時に」と思い出したように付け足す。

「あんまりびっくりしたものだから、持っていた翡翠を投げ出してしまって……」

その先は、覚えていないという。

ただ、察するに、捜していた心臓を手に入れたミイラは、それ以上、リドルに手を出すことはなくどこかに消え去ったということなのだろう。

実際、盗まれたミイラは、このあと、霊廟で見つかることとなる。もちろん、その胸元には、例の翡翠がしっかりと輝いていた。

話を聞き終えたウーリーとメルヴィが、脱力した様子で目を見交わす。

こうしてリドルが、傷一つなく無事であったことは心底良かったと思えるが、ただ、やはり、どこか釈然《しゃくぜん》としないものは残った。たしかに、「終わりよければすべてよし」とは言うものの、あまりにうまくいき過ぎて、それまでの苦労がなんだったのかと思えるからだ。

だが、それでこそ、我らが「アメージング・リディ」であり、大天使ウリエルや大魔法使いマーリンをもってしても、リディのまわりで巻き起こる「アメージング！」な現象を回避することはできないようだった。

エピローグ

その日。

ウーリーの部屋で、念願だった日本のお菓子を食べることができたリドルが、黒い墨《すみ》のような塊《かたまり》を口にしながら、言った。

「あのミイラ、無事、エジプシャン・ホールに展示できたんだってね」

「はい」

リドルのカップに紅茶を注いだメルヴィが応じると、ソファーにゆったりと座って紅茶のカップを傾けていたウーリーが、ここぞとばかりに苦言を呈した。

「それにしても、ただの窃盗事件が、ここまで大事になるとはね。厄病神の本領発揮というところだな。――リドルも、これを機に、少しバーナードとの付き合い方を改めるべきだ」

「ん〜、そうだねえ」

あまり乗り気でないように答えたリドルが、「ただ」と付け足す。

「今日も、このあと、書庫の整理を手伝えって言われているんだ。ラテン語の授業中に騒いだ罰らしいけど、手伝ってくれなきゃ、書庫の梁《はり》に縄をかけて首を吊《つ》るってさ」

それに対し、不満そうに肩をすくめたウーリーが、薄情にものたまう。

「首でもなんでも吊ればいい。一度くらい死んだほうが、あいつ自身のためでもある」

「だけど、エル」

黒い塊を食べ終えたリドルが、紅茶の残りを飲み干してから言い返した。

「僕が思うに、幽霊となったバーニーは、ミイラの幽霊の比ではないくらい厄介だと思うよ」

珍しく穿《うが》った意見を聞かされ、なにも言い返せなくなったウーリーのカップに紅茶を注いだメルヴィが、小さく笑って判定した。

「どうやら、リドル様に一本取られたようですね、ウーリー卿」

「ふん。――まあ、たしかに、あの男の幽霊だけは、ご免こうむるよ」

そんな会話をする彼らのかたわらでは、暖炉《だんろ》の中で燃える火が、パチパチと威勢のいい音を立てていた。

あとがき

こんにちは、篠原美季《しのはらみき》です。

こちらでの三冊目の単行本になります「琥珀《こはく》のＲｅｄｄｌｅ《リドル》③　魔の囀り《さえず》〈ゴースト・ウィスパー〉」をお届けしましたが、いかがでしたでしょう。

雑誌に書き下ろしたあとに単行本にまとめるという形式にも少しずつ慣れてきた私ですが、やっぱり頭の中は混沌《こんとん》としています。これはもう、一生こうなんでしょうね。

今回も、すでに雑誌で本篇を読んでくださった方も楽しんでいただけるよう、巻末に単行本用に書き下ろした短篇を掲載していて、これがまた、とっても面白《おもしろ》いものになりました（……こんな風にハードルをあげていいのでしょうか。――いや、よくない。――けど、仕方ない）。

例によって例のごとく、短篇のほうは、登場人物たちのパブリック・スクール時代を描いていますが、三巻の本篇ではまだ出てこない、現在、雑誌に掲載中の四作目に名前が出てくるリドルたちの旧友も出てきてしまっています。……ここらへんが、頭の中が混乱している証拠なんですよね。

ただまあ、相変わらず、バーナードがやったことが、様々な方面の人間を巻き込んで騒動を引き起こし、その後始末に翻弄《ほんろう》するリドルやウーリーたちという構図は変わりません。――ホント、迷惑者なんだから。

では、肝心の本篇はどうなっているかというと、こちらは、十九世紀末の英国で異様な盛り上がりを見せた交霊術を取り上げました。

その流れで、「英国心霊研究協会（ＳＰＲ）」などにも触れています。

「英国心霊研究協会」といえば、当時名の知られていた知識人——主《おも》に科学者——が多く所属していたことで知られていて、ケンブリッジ大学に進学したことになっているリドルたちは、まさに、そんな人たちが生きた時代に、学生生活を送ったんです。うふ。

幽霊が大好きな英国人たちは、科学が急速に発展した十九世紀、心霊現象をなんとか科学でとらえようと躍起《やっき》になったようですね。

なんというか、現代に生きる私たちからすると、彼らが掲《かか》げる科学だって相当怪しいと言えそうですが、でも、天文や薬学を含めた科学は、中世においては「錬金術《れんきんじゅつ》」——牽《ひ》いては「魔術」の領域に属し、異端者のやることだったわけで、そう考えると、科学絶対主義は魔術信仰の名を変えた姿に過ぎないということになります。そして、十九世紀は、その変換の時期に相当するわけで、やっぱりどこか怪しげな雰囲気があるのも否《いな》めません。

もっとも、この物語では、登場人物に大天使の化身《けしん》した伯爵《はくしゃく》や伝説に登場する大魔法使いなどがいるので、超常現象を証明しようと躍起になる科学者たちのほうが、むしろ道化のような存在になってしまっています。——だって、証明するまでもなく、ウーリーやメルヴィにとっては、見たり聞いたりするのと同じ感覚で、超常的な能力を使うわけですから……（笑）。

シリーズ全体としては、中盤に差し掛かり、徐々にですが、リドルの抱《かか》える謎《なぞ》についても触れ始めています。

そんな中で、謎めいたディアボロ・ヴァントラス男爵がどんな役割を果たしていくのか。また、そのディアボロの手中にあるリドルの兄のスティーブンはどうなってしまうのか。今回、衝撃のラストで、皆様を少々落ち着かない気持ちにさせてしまうことになりますが、どうぞ続きを楽しみにしていてください。

ちなみに、物語が佳境に入るにつけ、やはり狂言回し的な役割のバーナードより、正統派のウーリーやメルヴィの活躍の場が増えていきそうです。当たり前といえば、当たり前ですけど。

もちろん、リドルは常に中心にいますが、とにかく頼りないし、今回はメルヴィも……な状態になってしまうため、リドルの安穏とした生活は、まさに「風前の灯《ともしび》」です。

がんばれ、リドル。

ということで、今回も、ハッと目を引くような素晴らしいイラストを描いてくださった石据《いしずえ》カチル先生、また、この本を手に取って読んでくださった皆様に多大なる感謝を捧《ささ》げます。

では、また次回作でお目にかかれることを祈って――。

寒さのましたクリスマス待降節に

篠原美季　拝

この本を読んでのご意見、ご感想などをお寄せください。
篠原美季先生・石据カチル先生へのはげましのおたよりもお待ちしております。
〒113-0024　東京都文京区西片2-19-18　新書館
【編集部へのご意見・ご感想】小説ウィングス編集部
【先生方へのおたより】小説ウィングス編集部気付　○○先生

【初出一覧】
魔の囁り〈ゴースト・ウィスパー〉：小説ウィングス'16年冬号（No.90）～'16年春号（No.91）
悪魔の災い、吉に転じず：書き下ろし

琥珀のRiddle 3　魔の囁り〈ゴースト・ウィスパー〉

初版発行：2017年1月10日

著者　篠原美季 ©Miki SHINOHARA
発行所　株式会社新書館
［編集］〒113-0024　東京都文京区西片2-19-18
電話(03) 3811-2631
［営業］〒174-0043　東京都板橋区坂下1-22-14
電話(03) 5970-3840
［URL］http://www.shinshokan.co.jp/
印刷・製本　加藤文明社

ISBN978-4-403-22108-8
◎この作品はフィクションです。実在の人物・団体・事件などはいっさい関係ありません。
◎無断転載・複製・アップロード・上映・上演・放送・商品化を禁じます。
◎定価はカバーに表示してあります。乱丁・落丁本は購入書店名を明記のうえ、小社営業部宛にお送りください。
送料小社負担にて、お取替えいたします。但し、古書店で購入したものについてはお取替えに応じかねます。

Riddle
ヴィクトリアン・オカルト・ファンタジー!!
十九世紀末、大英帝国。
「アメージング・リディ」こと
リドル・アンブローズ・モルダーは、
ロンドンに住む青年貴族である。
彼が行くところ、不可思議な事件は絶えない。
大天使や悪魔、魔法使い、妖精、
そして人間（ただしトラブルメーカー）も絡むなか、
謎〈リドル〉の中にみいだせる琥珀とは……？
篠原美季
石据カチル
RIDDLE THE GUARDIAN OF AMBER
written by Miki Shinohara
illustrated by Kachiru Ishizue

WINGS NOVEL
ウィングス・ノヴェル
SHINSHOKAN

大好評発売中!!

琥珀のRiddle　ギリシアの花嫁　定価：本体1400円+税
琥珀のRiddle2　ブライアーヒルの悪魔　定価：本体1400円+税
琥珀のRiddle3　魔の囀り〈ゴースト・ウィスパー〉　定価：本体1500円+税
（以下続刊）

WINGS NOVEL
ウィングス・ノヴェル

ペテン師ルカと黒き魔犬〈上〉〈下〉

縞田理理　illustration:まち

四六判／定価:各1400円+税

魔術は禁忌、明るみになれば火刑――。

遍歴の学生と称し、ペテンで小金を稼ぎながら旅をする青年ルカには、禁術とされる《力》があった。《悪魔の術》とされる己の《力》を隠しつつ、先祖伝来の魔法書と父の仇を探すルカは、その旅の途上で白黒の小犬と出会う。サーロと名付けたその小犬は、賢くも可愛げがない上に……？　一人と一匹のロードファンタジー！

青薔薇伯爵と男装の執事
～出逢いは最悪、しかして結末は～
～発見された姫君、しかして結末は～

和泉統子　illustration:雲屋ゆきお

四六判／定価:1400円～1600円+税

青い薔薇の花言葉は〈叶わぬ夢〉――。

執事のアンがお仕えするローズベリー家。新当主となったアッシュは優秀で、アンは心浮き立つばかりだ。一方、アッシュは女王と謁見して早々、「青い薔薇のことで何か判ったら、報告するように」と命じられる。存在しない花を女王が求めるのは何故か……？　執事は女子で当主も訳アリ、ファンタジック・ロマン!!

SHINSHOKAN

WINGS NOVEL
ウィングス・ノヴェル

異人街シネマの料理人①②

嬉野 君 illustration:カズアキ

四六判／定価：各1400円+税

美味しい料理と名画と謎。シネマティック・ミステリー!

育ての祖父が急逝し天涯孤独となった桃の前に、兄と名乗る二人の男性が現れた。上の兄・冬基は大金持ちで優しく、下の兄・カイは養子で無愛想。冬基に八億の借金があるカイは毎水曜日彼の奴隷となり凝った食事を作らされていた。祖父の残した映画館を取り戻すため、桃も借金を申し込むが……？

オーディンの遺産
ナインスペル〜オーディンの遺産②〜

村田 栞 illustration:鈴木康士

四六判／定価:1200円〜1300円+税

ラグナロクを告げる角笛は鳴ってしまった——。

隕石落下と流星雨が重なり、地に大量の星が降り注いだ日、世界は終焉へ動き出した。悪夢を見続ける高校生・亮、超絶美形の英国貴族・フレイ、文化人類学博士・ヴァルが巻き込まれた事件に隠された真実とは……!?　動き出した巨人族の人類滅亡計画を阻止すべく、神の生まれ変わりたちが立ち上がった。——神話時代からの因縁が今、蘇る！

SHINSHOKAN

WINGS NOVEL
ウィングス・ノヴェル

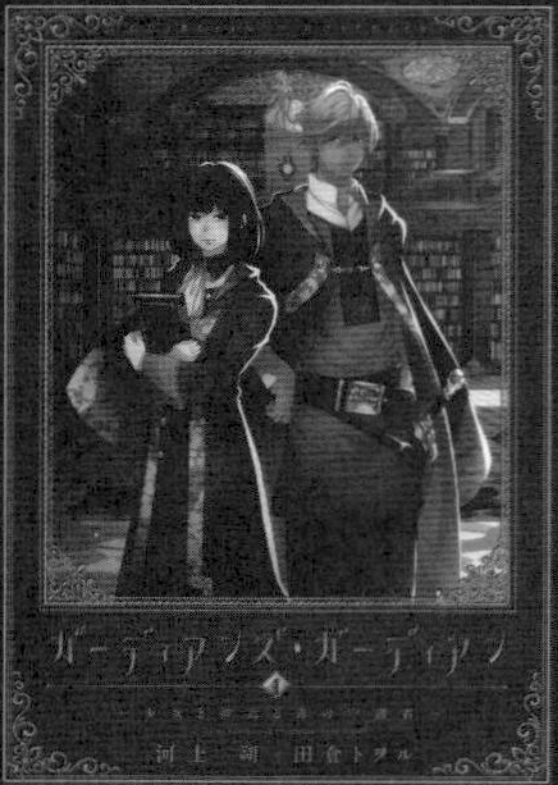

ガーディアンズ・ガーディアン
① 少女と神話と書の守護者

河上 朔 illustration:田倉トヲル

四六判／定価:1400円+税

女の子たちが頑張る、書をめぐるファンタジー!!

本が国家財産とされる大国イースメリアの王立中央図書院では、古より伝わる“久遠の書”が眠りについていた。その書がついに目覚めを迎えた時、落ちこぼれと言われる知の聖騎士ヒースが図書院であったのは、書の番人”黒の牙”と、彼が新たに選んだ書の主人エリカだった。それぞれの運命の輪は、そこから回り始め……?

シャーウッド〈上〉〈下〉

駒崎 優 illustration:佐々木久美子

四六判／定価:各1400円+税

民を救わぬ政治を〝善〟とするなら、
俺たちは喜んで〝悪〟を貫こう。

悪政が民を圧迫し、各地で戦禍が広がる12世紀イングランド。力を持たない国民は、一人の男に救いを求めた。その男の名は『ロビン・フッド』。無法者の巣窟・シャーウッドの森の住人が繰り広げるもう一つのロビン・フッド物語ここに開幕。自由のために戦う男たちのヒーロー活劇!

SHINSHOKAN